KUAYUE BAINIAN DE QINGCHUN HUIMOU

# 跨越百年的青春回眸

## ——请党放心，强国有我

主　编　聂　清

副主编　孟祥栋　马成瑶　白晓东

上海大学出版社

·上 海·

图书在版编目(CIP)数据

跨越百年的青春回眸：请党放心，强国有我 / 聂清主编；孟祥栋，马成瑶，白晓东副主编. —上海：上海大学出版社，2022.10
ISBN 978-7-5671-4529-0

Ⅰ.①跨… Ⅱ.①聂… ②孟… ③马… ④白… Ⅲ.①读后感-作品集-中国-当代 Ⅳ.①I267

中国版本图书馆CIP数据核字（2022）第175257号

责任编辑 盛国喾
封面设计 柯国富
技术编辑 金 鑫 钱宇坤

跨越百年的青春回眸
——请党放心，强国有我
聂 清 主编
孟祥栋 马成瑶 白晓东 副主编
上海大学出版社出版发行
（上海市上大路99号 邮政编码200444）
（https://www.shupress.cn 发行热线021-66135112）
出版人 戴骏豪
*
南京展望文化发展有限公司排版
上海颛辉印刷厂有限公司印刷 各地新华书店经销
开本710mm×1000mm 1/16 印张10.75 字数176千
2022年10月第1版 2022年10月第1次印刷
ISBN 978-7-5671-4529-0/I·665 定价 68.00元

# 前言

## 百年赓续 强国有我

百年恰青春，奋进再出发。一百年前，国共两党携手创办、由中国共产党实际领导的高等学府——上海大学在上海闸北青云里诞生。无数热血青年、仁人志士奔赴于此，爱国的音符汇聚成波澜壮阔的时代壮歌。五年间，李大钊、于右任、瞿秋白、邓中夏等贤达执鞭任教；杨尚昆、王稼祥、秦邦宪、关向应、李硕勋等英杰负笈来学。在风云激荡的革命岁月，上大师生同舟共济，心系中华，不畏牺牲，开拓前行，赢得了“文有上大，武有黄埔”“北有五四时期之北大，南有五卅时期之上大”等盛誉。时至今日，上海大学的红色基因代代相传，一直激励着上大学子为民族之振兴、国家之富强孜孜奋斗！

上海大学的红色历史是每位上大人最宝贵的精神财富，是我们价值的共鸣，也是责任的延续。为此，学校在向2021级本科新生发放录取通知书时赠送《他们从上海大学（1922—1927）走进新中国》一书，希望通过此书鼓励广大新生抒发爱国之情、强国之志，激励新生勤奋为学、爱国荣校，传承红色基因。

时代各有不同，青春一脉相承。跨越百年，回眸间仍是那群英姿少年。同学们在阅读书籍后纷纷书写感言，用文字记录下撼动心灵的力量。红色的火种穿越了百年时光，在上大学子的心中生根发芽。“鸿志薄云无愧怍，丹心一片照中国”“创业垂统先贤志，踵事增华吾辈责”“胸中有丘壑，立马振山河”……先辈的身影从历史中走来，把时代的火炬传递，新时代的上大学子在现实中奋斗，肩负起时代使命，怀青云之志向未来眺望，许下强国誓言。书中的一笔一画，赞颂的是上大先辈的爱国担当；一字一句，书写的是上大学子的自强不息。

今年是上海大学建校100周年，百年红色情，千秋家国梦，世代赤子心。在这百年时光里，一代代上大人在民族复兴的征程中勇当先锋，在建国强国的历史进程中砥砺奋进。建校初期，上海大学以“养成建国人才，促进文化事业”为宗旨；今日之上大，以“养成强国济世人才，促进社会文明进步”为使命，从青云发轫到争创一流，“红色学府”基因永续。我们选取60篇学生文稿汇编成籍，在党的二十大召开之际付梓出版，希望能激励更多青年学子传承红色基因，再谱华章；激励更多新时代青年吹响“强国有我”的号角，永远跟党走。

是为前言。

聂　清<br>2022年7月

# 目录
CONTENTS

## 第一章 从历史中走来

## 第三章 向未来处眺望

# 第一章

# 从历史中走来

# 时代火炬　薪火相传

杨　芸

历史的车轮滚滚向前，时代的火炬生生不息，一代又一代的英雄烈士把满腔的革命热血挥洒在中华大地上，一辈又一辈的上大学子把理想与信念根植我们心中。翻开《他们从上海大学（1922—1927）走进新中国》这本书，指尖的文字舞动成一幕幕过往，揭开了尘封已久的历史帷幕，带我走进了那段峥嵘岁月，走进了那段烙印着从上海大学走进新中国的热血青年与时代先驱的峥嵘岁月。

我们都说“文有上大，武有黄埔”，那一时期的上海大学虽然仅有五年的艰难办学时间，但在这短暂的五年当中，仁人志士不断涌现，“红色学府”的美誉当之无愧。他们，来自不同的地方，有不同的人生经历，又走向不同的领域与行业。他们在不同的领域发光发热，但他们又在机缘巧合之下来到上海大学，他们从上海大学走进新中国，只因他们怀揣着共同的梦想，那就是为共产主义事业而奋斗、为新中国而奋斗。共同的理想信念让他们殊途同归，经过不屈不挠的斗争，从不同的战线、不同的道路，以不同的方式，走进了他们为之奋斗一生的新中国，并把时代的火炬代代相传。

鲁迅曾说：“此后如竟没有炬火，我便是唯一的光。”在那个风雨交加的年代，不少从上海大学走出来的有志青年便如一道光，刺破黑夜，驱散阴霾，为人们带来希望。

上海大学社会学系的学生赵君陶说：“如果干革命的都死了，哪里有今天革命的胜利。”赵君陶，从小深受哥哥赵世炎的影响，曾参加过反帝反封建的爱国学生运动。在保育院工作的近七年间，赵君陶和她的同事共抚养了800多名因战争而流离失所的儿童。她用一生为革命、为中国的教育事业而奋斗，用一生在抗日烽火中以伟大的慈母般的爱培育着下一代，她的淡泊名利、高风亮节、不计较个人得失与无私胸怀值得每一个上大学子铭记于心。

如赵君陶那样在教育事业上坚守着自己使命的，还有新中国第一任文化部部长沈雁冰。沈雁冰除了在文学领域拥有卓越成就以外，还在革命事业和教育事业上肩负起重任。在上海大学任教期间，他的言传身教对学生的未来产生了重要的影响，如丁玲、施蛰存等一批又一批杰出的上大学子都是沈雁冰的学生。丁玲和施蛰存在文学方面的杰出成就和沈雁冰有着密不可分的联系，是沈雁冰为他们奠定了文学的基础，培养了文学方面的兴趣。

与此同时，沈雁冰也把自己的爱国主义热情挥洒在上大校园之中。他积极参加五卅运动，为揭露五卅惨案的真相投身报纸的编辑工作，并参加了中国济难会。他用文字发扬世界被压迫群众的团结精神和革命热情，在抗日救亡、民族复兴的道路上带领人们不断向前迈进。

红色学府，百年传承。即使那一年上海大学遭到国民党反动派的迫害而封闭，但这道红色血脉却从未停止，人们从未忘记上大学子在革命征程上应做的奉献与努力。新上海大学在一批批老校友的支持下以崭新的面貌重回历史的舞台。

是什么，让这道红色血脉绵延流长？是什么，让这时代火炬愈燃愈烈？又是什么，让这上大精神薪火相传？我相信，是老一辈上大学子的言传身教，是老一辈上大学子的革命热情，更是根植于每个上大学子心中的青年使命。雅斯贝尔斯曾说过，所谓教育的本质意味着：一棵树摇动另一棵树，一朵云推动另一朵云，一个灵魂唤醒另一个灵魂。教育，教的是思想道德、知识内涵、为人处世。教育是知识的传播，是精神的传承，是血脉的流传。就如赵君陶用教育改变了孩子们的命运，沈雁冰用教育为无数如丁玲、施蛰存这样的上大学子指明了人生的方向……和沈雁冰、赵君陶一样的人还有很多，他们从上海大学走进新中国，他们的革命热情又将从新中国走向遥远的未来。

如今，时代的火炬已经交接到了我们手中，作为新时代新青年，我们也必须肩负起青年的使命，让这时代的火炬在我们手中薪火相传。

国家因英雄辈出而强大，民族因拼搏奋斗而复兴。时代的考题已经列出，我们的答卷正在写就。作为青年一代，我们更应该“摆脱冷气，只是向上走，不必听自暴自弃者流的话”，肩负使命与理想，将个人命运与国家命运紧密相连，将个人梦想与中华民族的伟大复兴深深相融。前途似海，来日方长，以吾辈青年之幸，与国举步同行。

就让时代的火炬在每一位上大学子心中炙热燃烧，就让青年的使命在每一位上大学子心中深刻烙印。而今我用文字在这里记录下对过去那段峥嵘岁月的感悟，未来我用行动践行着上大“先天下之忧而忧，后天下之乐而乐”和“自强不息”的校训。

美哉，我少年中国，与天不老！壮哉，我中国少年，与国无疆！

愿时代火炬，生生不息；愿上大精神，薪火相传！

# 英雄的魂魄　无言的战歌

陈子慧

秋天的晨总是有些许阴冷，可偶尔也有缕缕阳光洒在书桌的一隅，我目光触及《他们从上海大学(1922—1927)走进新中国》那标红、醒目的书名，心里不免生出许多温暖。书并不算厚重，读来也不费力，可我读得很慢，不舍得一气呵成，对于豪杰与英雄，我只愿慢慢走进他们的人生，体悟他们的每个选择和决策，痛他们所痛，爱他们所爱。读罢，我终于懂得，是英雄的气魄汇成了红色的旗帜，谱写了无言的战歌。

古往今来，歌颂英雄的诗篇总惹人流泪。"黑云压城城欲摧"，面对黑云压过时的一片凄冷，前方的希望渺茫，有人"提携玉龙为君死"；面对"古来征战几人回"的不争事实，有人拥有"不破楼兰终不还"的决心；"秦时明月汉时关，万里长征人未还"，像这样恐怖的边关，亦有人"匣里金刀血未干"；有人"浊酒一杯家万里"，现实终究是"燕然未勒归无计"；"四面边声连角起"时，只见"将军白发征夫泪"。我们给他们冠以英雄的名号，却不愿真的神化他们，想必千百年前的他们，未必没有害怕之时，未必没有犹豫之际，但无数的血与泪证明，他们从未退缩。

百年的历史长河中，上海大学的寸寸土地见证了太多英烈的豪情与意志。他们用踏过上大土地的双脚，奔走在救亡图存的道路上，前仆后继、坚定不移。他们用言行与思想向上大的代代学子传递最赤诚的爱国决心、最沉重的爱国责任。如今，天朗气清、春和景明，上海大学已从风雨中走过，我的双脚踏在上大的校园中，眼前浮现他们的面容，我想，百年前，正是他们，从上海大学，用力地、深沉地、满怀希望地走进新中国。

早在三年前就是上海中国共产党早期组织成员的邵力子，1923年赴上大任教，积极推动校内外革命活动，对上大深厚的感情难以言表。他不顾自己的安危，想方设法营救因开展革命活动而被捕的师生，令历代上大师生感动。25岁就任职上大教授的田汉，饱读诗书，对艺术有着极高的造诣和独特的理解，是一个浪漫、热情、真诚的人，他内心深处有坚定守护着的、不可亵渎和侵犯的东西，那就是信仰和国家。抗日战争时期，田汉积极开展抗日宣传活动。抗战胜利后，在国民党统治区投身反美反蒋的爱国民主运动，创作了揭露国民党黑暗统治的戏剧和电影剧本。他那强烈的革命激情促使他写下大量精彩的戏剧与歌词，其中就有融进中国人骨子里的《义勇军进行曲》。今天，五星红旗飘扬的那一刻，国歌奏响的那一刻，激情、壮美和极具号召力的歌词荡漾在我们心中，与此同时，我们看见那可爱的作词者，可爱的先生——田汉，他活在我们心中。

我们不能忘记，1923年进入上大社会学系学习的严信民，在抗日战争全面爆发后，坚决拥护中国共产党的抗日民族统一战线政策，参与以团结抗日为主旨的《大团结》杂志工作，为宣传中国共产党的抗日主张做了大量的工作，在革命的关键时刻为争取、团结广大爱国民主人士、发展人民民主统一战线作出了重要贡献。我们不能忘记，那面容清丽的中国妇女运动杰出领导人——杨之华，她是革命者瞿秋白的挚爱，也是他在革命路上的朋友。杨之华与上大师生，一起经历了血与火的斗争考验，她积极参与和从事妇女运动，是社会各界妇女的榜样。她被军阀关押整整四年，不屈不挠，高风亮节，她的精神永远留在上大，永远激励我辈上大学子。我们不能忘记，那个真情流露而称杨之华为“师母”的上大学生，那个冒着枪林弹雨前往火线指挥作战的勇者，那个主张和平、投向光明的将领——张治中，他的一生，献给了民族，他的一生，致力于人民的解放事业。正如邓颖超所言“为人民做过好事的人，人民是永远不会忘记他们的”，上海大学也永不会忘，正是那些人，让上大辉煌、温暖、璀璨。

在这让人心潮澎湃的中国共产党成立100周年之际，繁花锦簇中我们依然要时刻谨记，如今的一切，是无数中国共产党人用正确的抉择、长久的坚持、宝贵的生命、共同的奋斗换来的。无数英雄的魂魄，谱写了一首无言的战歌，唱出中国人站起来的决心，唱出对中国共产党的信任和坚守，唱出对中国未来的殷切希望，响彻天际，震撼人心。这首战歌，没有谱没有词，却好像唱进了所有中国人的心里。英烈已长眠，皓月当空时，愈是静谧美好，我们愈是怀念他们。这首战歌唱进了我辈心中。我辈固非猛士，亦不是懦夫。当所有中国人携起手来的时候，就凝聚着强大而不可冲破的力量。“能做事的做事，能发声的发声。有一分热，发一分光。就令萤火一般，也可以在黑暗里发一点光，不必等候炬火。”鲁迅先生的憧憬，我们真的实现了。萤火难与皓月争辉，这世间不可能人人是英雄，但我们确实能做好许多力所能及的事，用自己的方式，建设国家。

英雄们能否看见，巍巍华夏的欣欣向荣、大好河山；英雄们能否看见，上大如今的生机焕发、弘毅自强；英雄们能否看见，上大学子的朝气蓬勃、书生意气。他们的魂魄不死，他们的精神永在，他们的思想长存，吾辈自强，是对百年前振臂高呼的他们、英勇就义的他们、宁死不屈的他们最好的回应。

他们一定能看见，正如我们能听见他们的战歌。

# 以青春唤新歌

喻雨霞

时光悠悠，日月更替见证了自然的变化，也见证了新中国蓬勃的发展。回望过往，梁启超先生曾经说过："少年强则国强，少年独立则国独立，少年自由则国自由。"而今我沉醉于《他们从上海大学(1922—1927)走进新中国》，似乎又看见青春的他们在中华大地上唤起新的战歌，又听见他们对当代青年的声声召唤——来吧，少年，以青春唤新歌！

以青春唤新歌，唤起民族的觉醒。

今天的史书上还清晰地记载着那段中华民族苦不堪言、深受外国列强欺压、签下一条条屈辱条约的历史，那时的人民经历着的是如今的我们从未经历过，也不会经历的苦难和绝望。然而华夏民族的命运不会一直这样，华夏民族刻在骨子里的傲骨也不会允许这样。孙中山先生的三民主义、近代兴起的新文化运动、俄国十月革命带来的马克思主义思想……都促使着青年们在1919年5月4日这天走出校门，走上街道，掀起一场爱国运动。这场运动也点燃了青年们的一颗颗爱国心。而来自江苏的安建平也因此萌生了"大侠魂"的观念，1923年，考入上海大学的他与同学一起成立学生团体"中国孤星社"，后来更以《孤星》旬刊所得每月津贴三十元坚持参与抗日救亡活动。

"少年自由则国自由。"当像安剑平一样的少年在思想上得到新的启发，获得思想的解放时，他们以文字、以青春唤起的战歌也在唤起民族的觉醒。

以青春唤新歌，唤来新中国的成立。

生于中国最后一个封建王朝时期，长于中国最动乱时期的陈望道在低矮的柴房奋笔疾书，错将墨水当作红糖，只为尽快翻译出《共产党宣言》；党伯弧不顾个人安危，派专人全副武装，以“押解”名义护送中共密使汪峰抵达西安，使得汪峰顺利完成毛主席、党中央交给他的重要任务；李逸民“效仿”班超投笔从戎，离开上海大学报考黄埔军校，在战场上他是英勇杀敌的将士，在监狱里他是坚定的共产主义者，虽受千百种苦难依旧心向阳光……他们有的是上大学子，有的是上大教工，他们都在为国家的独立而以不同方式不懈奋斗着。幸而历史不曾相负，在黑暗过后，在千千万万人民期望的目光下，毛主席站在天安门城楼上庄严宣布：“中华人民共和国中央人民政府今天成立了！”这一天，中华民族真的站起来了！

“少年独立则国独立。”我并不知道精于翻译的陈望道、舍身护汪峰的党伯弧、投笔从军的李逸民……是不是达到了先生所说的“独立”，但不可否认的是那时他们都是少年，他们都致力于国家的独立，以青春唤新歌，书写祖国新篇章。

以青春唤新歌，唤出富强新中国。

一个强大的国家离不开传承，为了更好地传承中国戏曲，赵景深从1933年开始就致力于中国古代戏曲与小说的资料收集与研究，更是从20世纪40年代开始拜昆曲名旦尤彩云、张传芳为师，苦学八年。作为学者、教授，赵景深不遗余力为中国戏曲呐喊并亲施粉黛，登场表演，这使得中国戏曲在社会上的影响得以扩大。而为了让祖国真正挺起胸膛，邓稼先带着研究团队走向无际沙漠，开启原子弹的研发。今天，中国不再是当初那个贫穷落后的国家了。

“少年强则国强。”中国的少年从新中国成立到现在，强的不仅是体魄，还有我们的知识，这些知识使得中国传统文化得以传承，科学技术为祖国筑起发展的基石……少年啊，正以青春唤起强国战歌，为强国而不止步。

他们从上海大学走进新中国，为我们树立了一个个优秀的榜样；他们作为上大人，虽逢乱世，但依旧为国家未来、为民族未来拼尽全力；他们用青春唤起的一首首战歌还回响在历史舞台上……而同为上大人我们怎会不因此而骄傲，怎能不以青春唤新歌？

合上书本，走在上海大学的校园里，似乎又看到了他们的身影，还是少年的模样，有着青春与激情，他们在说：“少年啊，向前去，去以青春唤新歌！去建设更为美好的祖国！”

# 赓续上大英雄之魂 绽放吾辈青春之彩

周韵卓

为民请命者、为国赴难者、埋头苦干者……中华民族从不少英雄榜样，上海大学从不缺热血青年。那些震古烁今的豪杰壮行，那些一往无前的慷慨之举，都铸成了中国不屈的脊梁，让奋进的力量代代相传。无论是战争年代浴血奋战、奠基道路的先驱勇士，还是和平年代奉献自我、兢兢业业的谦逊志士，他们永远在我们心中，他们永远是值得我辈仰望和追寻的启明星。

在那人心惶惶、局势动乱的年代，中国共产党成立，铁屋子里的人一个接一个地苏醒，那一束温柔却有力的光芒洒在人们的面庞上。都说当时上海大学是革命的洪炉，先辈们积极响应号召，如点点星火发着温暖而耀眼的光芒，在黑暗中汇成一片光亮，引领着中国的新青年。1922—1927年这五年里，上海大学人才辈出、志士尽显。《他们从上海大学（1922—1927）走进新中国》可能只是选出了最具有代表性的那些英雄，历史中还有那些为祖国默默奉献的先辈们，他们都值得我们敬佩、铭记。

而如今已是互联网时代，我们生活在这和平富裕的年代，似乎更加迷茫。他们是救国的一代，我们是强国的一代，我们所做的一切都是为了让我们的"家"变得更好，而这样简单的想法似乎很容易被我们忽略。因此阅读经典回忆"英雄"应成为我们的必修课，随上海大学录取通知书附赠之书也更好地勉励了我，让我更深刻地铭记了这些英雄。

英雄的本色是什么？

是“一年三百六十日，多是横戈马上行”的不辞艰辛。他们是《孤星》寄意领上大，宝剑侠风领中国的安剑平；是在家中埋头译《共产党宣言》、不知盘中红糖变墨汁的陈望道；是投笔从戎选择以最直接的方式保卫中国的李逸民……无论是在黑夜中挑灯伏案的文人，还是在前线浴火冲锋的武者，他们在听到祖国有需要时，都第一时间前往最需要自己的地方，不畏艰险。他们深知革命尚未成功，选择甘苦不分、冷暖不顾、不辞艰辛、埋头苦干，为祖国不断奋斗着。

是“一腔热血勤珍重，洒去犹能化碧涛”的不惧牺牲。当党要求以身犯险时，他们义无反顾，当党建议出资相助时，他们倾囊相助，他们就是梅电龙、王超北……他们当了一辈子秘密党员，即使遇到再大的困难，也无怨无悔。

是“闲居非吾志，甘心赴国忧”的拳拳爱国情。曹天风下基层推改革，主编《战旗》护炎黄；校方培养亲日学子，梅电龙满心抗拒……从古至今，澎湃于胸膺的爱国激情始终蕴含着无限的力量，拯救中国于危难之际。

整本书最令我印象深刻的是戴邦定先生。从前的他热爱文学，潜心钻研，一心只想攻读学问，不热心参加学校的社会活动，可是在接触了共产主义思想后，他迎来了人生的转折点，最终成为浙江黄岩籍的第一名中国共产党党员，下基层上游行样样主动。我们又未尝不可呢，我们需要的是了解自己想干什么、能干什么、追求什么，找到方向找到热爱，去追求能让自己赴汤蹈火并充满价值的目标。有些人为明星打追光灯，用金钱和地位证明自己的价值，望着先辈的背影却觉得太伟岸太遥远而放弃追逐，忘却了先辈们与我们一样都是普通人，试着追一追或许就会发现他们离我们是那样的近。“青春是用来奋斗的”，习近平总书记的话也同样勉励着我们，青春就是用来奋斗用来绽放的，每个人都有可能成为强国之才，都有属于自己的生命之光，都能赓续英雄之魂，绽放属于自己的光芒。

英雄虽已逝去，但他们会一直活在我们记忆里，他们的精神一直根植在我们心中。而我们的青春就是用来奋斗的，让我们在美好年华中追随英雄的足迹，赓续英雄精神，让未来的我们成为过去的他们。

# 我站在伟人之肩藐视卑微的懦夫

余意天

## 一

拿到录取通知书的时候，我感觉整个盒子沉甸甸的。打开才发现，是这本书赋予了整个盒子以重量。

它正是《他们从上海大学（1922—1927）走进新中国》。

卸下书封，翻开淡黄的封面，一股淡淡的墨香氤氲弥散。我恍然意识到，我已然是上海大学的一员了。而这本书里介绍的先烈们——我的前辈抑或校友，都曾在我将要涉足的那片土地上，披荆斩棘，历经一段又一段峥嵘岁月。此时此刻，一股自豪又难以名状的使命感油然而生。

我甚至想一口气读完，但又觉得过于草率；倘若读得太慢，又害怕在匆忙生活里将它遗忘。

书上的寥寥数笔，却是他们不平凡的人生。

翻着目录，见到不少我熟悉的名字：课本《雨巷》的作者戴望舒，画家丰子恺，作家郑振铎……惊讶之余暗自感叹：原来他们也和我即将踏入的上海大学有着密切的交集。

## 二

再次翻开这本书，我已经在上海大学的校园里了。并非刻意为之，我竟然单独地把这本书装进行李，带入上海大学。可能这就是一个闭环，从上海大学寄来的书，又被我带回上海大学。

这次翻开，我的内心自然充斥着不一样的情感。

不久前，我参观了溯园。这是一个极具历史厚重感的地方。形似年轮的它，记载了太多太多的故事。我沿着“年轮”踏出的每一小步，都是上大历史时间轴上匆匆消逝的几年光阴。

墙上的名字和照片如一颗又一颗的星星，在上大的历史长河里熠熠生辉。如今上大的蓬勃发展，离不开“他们”的付出。正是我脚下的土地，培养了数以千计奋发自强的有志青年，造就了一批又一批的革命先烈。

而那些年从上海大学走出来的李硕勋、王稼祥、丁玲等人，后来都成了坚定的共产主义信仰者，也成了中国革命和社会改造的种子。我感觉我好像不久前见过这些名字，见过他们意气风发、挥斥方遒的模样。是的，是那本书——《他们从上海大学（1922—1927）走进新中国》。

这次翻开，产生的是和上次不一样的共鸣。这种共鸣只有当你亲自踏进上大，才能切身体会。

重温厚重历史，我背负了深深的责任感。《他们从上海大学（1922—1927）走进新中国》犹如一个传承上大精神的载体，激励着我们每一个上大人奋发图强。

这个时候，脑袋里回想起一句我以前喜欢、现在也依然牢记的话：“我生来就是高山而非溪流，我欲于群峰之巅俯视平庸的沟壑。我生来就是人杰而非草芥，我站在伟人之肩藐视卑微的懦夫。”

是的，如今我站在伟人之肩，藐视卑微的懦夫。

## 三

今天是10月25日。

当我习惯了上大的生活，我似乎每日都沉浸在这样的忙碌和充实中。

这个晚上，我欣赏了话剧《钱伟长》。它再一次唤醒我的内心的种子。我为钱老那句振聋发聩的“国家的需要就是我的专业”燃起热血，我被钱老和夫人志同道合的奋斗、真挚美满的爱情、忠贞不贰的相守深深打动，也因钱老和同伴的爱国之心热泪盈眶……

他是这样一位伟人。

他对东三省沦陷满怀愤慨，毅然舍文从理；教授不同意，他苦苦央求，完成苛刻的要求，最终如愿以偿；他撕毁了带日本签证的护照，只因为国家的尊严不能被践踏；他回国后拒绝赴美，毫不犹豫对美国刁钻的问题说“NO”；他七旬高龄，一心办学，“你不搞科研，就不是好老师”……

走出伟长楼的那一瞬间，我又想起了这本书。

恍若隔世，这本书好似是很久之前的事情了。他在我书架的最里侧，书的顶端蒙上了细细的尘灰。

它正是《他们从上海大学（1922—1927）走进新中国》。

他们是这样一群伟人。

他们走出上海大学校门以后，在中国共产党的领导下，怀揣共同的梦想，经过不屈不挠的斗争，从不同的战线、不同的道路，以不同的方式，最终千流归大海，走进了他们为之憧憬、为之奋斗的新中国。

现在，华夏早已河清海晏，我们似乎有了待在舒适圈的理由。我们大可以站在伟人之肩，享受着伟人所带来的一切。但若如此，我们似乎忘却了夙愿，似乎忘却了这忙碌与充实背后承载的精神力量。

这是最好的时代，这是最坏的时代。

我飞快地翻着这本书。时光流逝已近百年，红色往事仍然历历在目，过去的上大青年有如利刃之新发于硎。如今，我们身处上海大学，如百卉之萌动，有最具朝气的模样。我们不能忘却这河清海晏背后的厚重历史。我们站在伟人之肩，为的是能站得更高、看得更远，而非享受与贪图安逸。

我们承载着上大的红色基因，理应继续砥砺前行。

“我欲于群峰之巅俯视平庸的沟壑……我站在伟人之肩藐视卑微的懦夫。”

# 生生不息

赵宇辰

轻启书卷，历史的气息瞬间将我湮没。他们的形象跃然于白纸黑字间，璀璨耀眼。回顾着历史的我，也回望着他们的青春年华，遥望着他们从上海大学一步一步走进新中国。

以“交尽天下良友，读尽人间奇书”为志的安剑平先生以身诠释“孤星”二字，倡导“大侠魂”精神，义无反顾投身正义事业；用“成败区区君莫问，中华终竟属炎黄”鼓舞人民抗战到底的曹天风冒险保护着共产党青年，《战旗》不曾辜负“万绿丛中一点红”之誉；鞠躬尽瘁任教、培养革命先锋的陈望道先生对上大的付出让无数学子铭记在心、无比感恩；创立“青风文学会”的戴望舒积极投身到火热的革命斗争中，他的同学丁玲深受上大几位教授的教导，独立自强，用笔书写下革命的篇章，唤醒迷茫的青年；戏剧家董每戡视艺术为革命武器，丰子恺以漫画传达对解放的渴望，他们的作品皆轰动一时；身为上海大学独立支部第一任书记的高尔柏刚毅履行着“跨党”党员的身份，掩护革命活动顺利进行；倡导男女平等的雷晓晖一生都坚持着教书育人、募捐助困、播撒革命火种的事业；今日享誉文坛的茅盾先生竟是当年深受学生喜爱、勇赴革命一线、敢于为人民发声的上大教授沈雁冰。

感谢率性的施存统教授，诚恳提出上大组织建设的疏漏、呈现对马列主义新的解读，深刻剖析反动政府面目；感谢顾均正这样伟大的科普作家，点燃当代青少年对于科技文化的热情；感谢何成湘这样三次遭到逮捕依然坚定革命信仰的党员；感谢翻译家柯柏年、李季、张仲实，将马列主义的思想传播开去；感谢有“淡淡秋光霜叶红”的林淡秋让后辈们了解何为上大自由、何为救国与读书并行不悖；感谢始终持有“辨伪求真”态度的罗尔纲，揭开太平天国历史的面纱；感谢宣扬“上海大学的精神”的施蛰存，向我们展现时代青年的心声；感谢美术教授万古蟾先生打开了中国动画片的大门，艺术家吴梦非先生为中国美学界奠定基石；感谢入校后便立志改革的王稼祥，首提“毛泽东思想”，为民族解放点亮一盏明灯；感谢谢雪红为在台建党所作的牺牲和努力，纵使被捕入狱，在出狱后依然没有停止对台盟的建设工作；感谢为上大题下“青云发轫”四字的俞平伯教授，饱含满腔热血，以“不存此心，不得名为中国人”的豪言号召青年救国；感谢文物局局长郑振铎辗转四处收集文物，并将珍藏毫无保留捐献给国家；感谢周越然先生编撰《英语模范读本》，为英语教育作出卓越贡献，把这份对英语的兴趣连同爱国激情悄悄藏在心底。

为上大培养出胡允恭这样成立“皖北青年社”的学生而骄傲，即使命运不公也无法动摇他对党的信念和追求；为上大培养出阳翰笙这样具有极高政治觉悟的青年而骄傲，他深入工人生活，宝贵的亲身经历助他创作剧本，成为新中国文艺界的脊梁；为经过上大历练后旋即加入共产党传承其不灭精神的孔另境而骄傲；为在上大入党的孟超和王超北而骄傲，孟超先生从普通剧作家蜕变为革命艺术家，王超北则凭借着冷静聪颖，为组织收集重要情报并保全秘密情报点；为上大有田汉先生这样的革命先驱而骄傲，他满腔热血写下《义勇军进行曲》歌词，鼓舞着世世代代人民的斗志；为上大是享有“陕西青年的伟大导师”赞誉的杨明轩先生接触共产主义的起点而骄傲；为在上大得以蜕变的张琴秋而骄傲，她勇于为工人阶级斗争，成长为文武双全的红军高级将领；为被上大开设的俄文课程吸引而来的张治中而骄傲，他以上大为新起点，走上光荣革命道路；也为在上大教授的鼓舞下投身妇女解放运动，不知疲惫地说明五卅惨案真相的钟复光而骄傲。

感动于邵力子先生在上海大学的操劳，他为上大的教学、行政、革命作出巨大贡献，甚至不顾个人安危屡次挺身而出营救师生，即使离开上大，也依然一心系之，奔赴活动，做到“毕生革命，毕生治学”；感动于身陷囹圄写下“劝君莫为青春惜，将见世界满地红”的李逸民，将崇高的革命气节淋漓诠释；也为被捕入狱后坚定不移、不屈不挠的周文在感动；感动于老党员王一知甘愿从事地下斗争，致力于党的教育事业，淡泊名利，丰收自己的满园桃李；感动于薛尚实将上大视为革命起点，短暂的邂逅改变了他的一生；感动于中国妇女运动领导人杨之华与丈夫瞿秋白之间那深沉而纯粹的革命爱情；感动于怀着报国希冀而谢绝高薪聘请，毅然回国任教的生物学家张作人先生；也感动于赵君陶那般强大的内心，面对至亲的辞世，她在悲痛中迅速擦干泪水，转身继续完成革命工作，那一句铿锵的“如果干革命的都死了，哪里有今天革命的胜利”，久久回响在我的心间。

庄重地合上书的最后一页，内心久久不能平静。很幸运，能够有机会读到这样一本荟萃英才的作品，它的意义早已超脱了白纸黑字。它唤醒了历史沉睡的记忆，让那些默默无闻、一生奉献于革命的伟人们，从此便不再是无人知晓，往后，终会名垂青史。

我深深为上大而自豪，为上大培养出了无数人才而自豪，也为上大能够遇见无数良人而欣喜万分，在百家争鸣的文化背景下，上大这座学习、思想与革命相融合的熔炉，得以永不停歇地燃烧。

从上海大学走进新中国的青年志士们啊，你们做到了！你们凭借着坚定的信念，经受住了一次次血与火的淬砺；你们身体力行，验证着“心有所信，方能行远”的真理。你们用文字、用言语、用行动，让上海大学的红色革命精神永存于后生心间！

这盛世，如你们所愿！

身为上大的学生，我们定会继承革命传统，发扬时代精神，完成先辈们的赤诚心愿。

上大精神，薪火相传，生生不息！

# 丰碑处处志来路　赤心拳拳继先人

许新承

"苟利国家生死以，岂因祸福避趋之。"古往今来总有人在时代长河中画定坐标，总有人在磅礴大道上义无反顾。读罢《他们从上海大学（1922—1927）走进新中国》一书，我的心情久久不能平复……

钱伟长校长曾说："'自强不息'还不够，还要加上'先天下之忧而忧，后天下之乐而乐'。天下就是老百姓，百姓之忧、国家之忧、民族之忧，你们是否放在心上？"作为上大的校训，其浸润着丰富的历史底蕴和人文气息，包含了石中生花般的刚强与坚毅，也彰显了上大人胸怀天下、志存高远的家国情怀。

翻开历史的长卷，踏上时代的征途，立足今日之行路，放眼过往之丹书，青史载着先贤的名字，碑林镌刻英烈之伟绩。先人走过的路，印在我们的血脉中，不能遗忘，古柏犹翠，高岷尚青，先人虽远，精神仍新。

"横空大气排山去，砥柱人间是此峰。"回顾上大革命之先驱，历史的洪流狂澜怒涛，滚滚东去，都说时代匆匆如白驹过隙，但总有一些故事，凿凿如坠、铿然有声。杨之华为探寻中国妇女解放的道路不懈奋斗，擎慧炬前行，不负时代所托；张琴秋作为红军历史上独一无二的女将领，肩鸿任钜，勇担重任；李逸民是新中国公安部队的开国少将，南征北战，屡经考验……先人之可贵，在于面对砯崖转石万壑雷时的坚忍不拔，在于狭路相逢勇者胜时的抽刀亮剑，在于面对强敌劲旅时的敢打敢拼。

"星辰大海，征途万里。"回顾上大文学之先驱，曾经的先人在历史的长河中摸索前行，用血泪闯出一条大道供后生奔走……不忘初心，不仅要记得，还要坚守；英雄的事迹，不仅要流传，还要品读。无论是安剑平创办《孤星》，交尽天下良友，读尽人间奇书，以投身于正义事业而自豪，还是沈雁冰一心为党，以笔作枪，走上改革中国文艺的道路，我们都是在重读过往，在先人功勋中汲取力量，来路迢迢，丰碑处处，吾辈反顾，得以领悟。

“外枯而中膏，似淡而实美。”回顾上大艺术之先驱，无数执灯者，在上大燃亮自己，以涓滴之力汇聚成上大精神，守住先辈之火，开辟明天之路。吴梦非，我国现代美学的先行者，妙手丹青、登峰造极；万古蟾，身为中国动画电影百年不认命的英雄，斗榫合缝、巧夺天工；阳翰笙，作为新中国文艺界的卓越领导人，以笔为戈，鼓舞大众……在价值多元的年代里，每当那些艺术的创造者在夜色中奔走，他们的光荣之路就是中国的大街小巷，生长于斯，便血脉相连。

“平坦的路很好走，但泥泞的路上才能留下脚印。”从来就没有一蹴而就的伟业，从来也没有风和日丽的通途。李平心发扬鲁迅革命精神，曾不幸被捕入狱，受尽折磨；谢雪红创建台湾民主自治同盟，曾被判处13年徒刑；林淡秋这位不应被遗忘的上海地下党文艺工作者，却惨遭迫害。丈夫不逆旅，何以济苍生，英雄不失路，何以成功名，为理想与信念而战者，永生！

鲁迅先生曾言：“人既发扬踔厉矣，则邦国亦以兴起。”斯言非虚，今日之中国，是站立在无数发扬踔厉、奋臂扬鞭的英雄人物肩膀上的。凡是以生命与热血投身祖国建设和时代发展的人，都是我们的榜样。我们走在他们开辟的坦途上，需要铭记历史感恩先人，奋勇前进。先人步于大道，无人囿于小情小爱，无所骛于风月春花朝。唯切中吾国斯民之肯綮，烛照今人今世之奉献。大道终成何艰何苦，行之弥远皆因其成。先人阔步，并非无畏无知，而是家国俱在身后处，山河悉安心田间。

“开拓者走的是弯弯曲曲的路，而他留下的却是又直又宽的足迹。”要从过往中汲取力量，不仅要走得正，还要走得远，“忧懈怠，则思慎始而敬终”。在先人的指导下，我们乐于看到：新时代不缺少英雄。中科院院士杨雄里潜心研究视觉神经机制，荣获多项国内外奖项；93届校友薛来民勇担职责抗疫情，践行初心为人民；05届校友沈夏驰援母校，秉承才子情怀；10届校友周翔君，奔赴疫区显担当，情系母校暖人心。大幸，时代不缺少楷模，先人精神得以延续，而口口相传的“艰苦奋斗、顽强拼搏、砥砺前行”的精神财富也得以在新时代的上大继续发光。

“爝火燃回春浩浩，烘炉照破夜沉沉。”我们如今前行，身负时代的重托，心怀先人的高志，能以身心投入祖国发展的事业，何其幸哉！“常思奋不顾身，而殉国家之急。”尽管当今社会已不需青年抛头颅洒热血破立江山，但在先人的召唤下，每一个平凡的人，都要有成为英雄的志向与准备。先人的精神不是遥不可及的信条，不是高高在上的教义，而是你我共同耕耘、用心浇灌的灵魂之树，更是立志报国最滚烫的宣言。“红日初升，其道大光。”唯拳拳赤心可以继先人之志，当背向先人碑林，面对朝阳大海，在时代汪洋中纵浪搏击，在人生大道上快意驰骋！

我以成为上大人而自豪，立志以身筑光明，先天下之忧而忧，后天下之乐而乐！

# 醒即是新

徐盼兮

揉开双眼，我看了看日历，1922年10月23日。

下床，盥洗，更衣，推开房门……“号外号外！高等学府‘上海大学’开办啦！号外号外……”小卖报郎挥着报纸边跑边跳，见我出门一把将一张报纸塞入我怀中，没等我掏钱就又往前奔去了，“号外号外……”什么事这么开心啊，我展开报纸，上面大字写道：“由共产党与国民党合作创办的上海大学于今诞生。”

我跨过门槛走上纵横着车辙的泥路，心里反复念着这则新闻。1922年，民智尚未大开，反动势力汹涌，上海大学地理位置偏僻，设施简陋又经费拮据，且师生很可能遭到反动势力的迫害，要在这样风雨动荡的环境中茁壮成长可不是一般的挑战呀。我忧心忡忡地继续走着，觉得脚下的路似乎在慢慢变平变宽，我好像走在一条时间轴上了。

我看到有一批人走进了上海大学。曹天风来了，“十载启蒙仰至诚”，在这里他大受思想启迪，一边勤勉学习一边为救国而革命；何成湘来了，在这里他鼓励大家参加革命，奋笔撰写了数篇战斗檄文揭露封建恶行以唤醒群众；戴望舒来了，在上海大学这座革命熔炉中积极投身革命斗争；丁玲来了，在这里她是个满身“傲气”的“需要展翅高飞的鸟儿”，深刻地思考，果断地行动；何味辛来了，在这里他为真相而战，在极其困难的条件下坚持《热血日报》的出版。学生与教授一个个来到这所学府，为了上海大学的明天，为了中国的明天，他们在这革命熔炉中战斗，上海大学的名声也渐渐被打响。

我看到一批人从上海大学走出来，走进了新中国。林淡秋博览新文学作品，成为新中国《人民日报》副总编辑兼文艺部主任，在黑暗年代参加革命献出自己一生，在最困难时从不动摇；罗尔纲得到胡适帮助，最终写出了《太平天国史纲》，为太平天国的研究奠定了坚实的基础；沈雁冰创作了大量小说，为建设社会主义文化、团结壮大革命文艺队伍、促进中外文化交流作出了卓越贡献；薛尚实称上海大学"是我一生接受革命锻炼的起点"，怀着对人民的满腔忠诚和坚定信念建设新中国。他们从上海大学走了出来，向着革命和建设新中国的道路走去，为中国的思想、文化、社会等各个方面作出了极大贡献。从上海大学走出来的他们是中国正在努力的千万人中的一团火，这团火越燃越大，越燃越烈，点"醒"了千千万万迷茫的群众，点亮了中国之"新"。

我们来到了新中国。

再往前走，总觉恍惚，前方似是有一束扑朔的亮光，总是看不清，又总像是在招呼我快过去。我就这样走着，一路不知过了多少年，见了多少人和事。思绪回到1922年上海大学诞生的那一天，原来从踏出家门的那一步起，我就走在了一条通往新中国的大道上，这路上一直有上海大学的影子，随着上海大学声誉渐隆，我们的中国也在步步迈新。一批又一批学生和教师怀揣炽热的爱国之情走进上海大学，他们用行动诠释着"自强不息"，他们挥洒汗水书写的每一笔都印证着如今上大"先天下之忧而忧，后天下之乐而乐"的校训，他们让上海大学实至名归、走向繁盛；一批又一批人心存抱负、肩负担当走出上海大学，他们在黑暗的旧社会志气不灭，在无数个绝望的瞬间用信念重燃希望，为了祖国的未来，所有苦难他们在所不辞，每一个人的拼搏付出都在叫醒沉睡的国人，都在为祖国迈向新生而铺路。当五星红旗伴随国歌升起，当新中国宣布成立，他们便走进了新中国。

一路走着，我的心也被点燃了，多么想成为和他们一样的人啊，多么想为祖国出一份力啊！如果我也可以成为他们中的一员，我一定也会与各路同胞们并肩作战，为了上海大学的未来，为了祖国的未来。

远方的迷离亮光逐渐清晰，吸引着我向前走去，她在叫我过去，她一定是在叫我过去。我于是继续走着，不停走着，向着光的方向……

"滴滴，滴滴——"我一手揉着睡眼一手要去关掉这恼人的闹铃，拿过手机一看，2021年8月29日7点整，我猛然坐起，好像看清了时间轴远方的亮光，原来就是今天！是去上海大学报到的日子！

# 百年红色上大　不朽精神传承

王灵菲

一百年前，中国的夜，无尽的黑，伸手不见五指，路，该往哪儿走？

中国共产党的诞生，如平地响起一声惊雷，如黑夜里的萤火，一点，两点，三点……零散的光聚拢点亮黑夜，能隐约看见眼前的道路了。

一百年前，青年的愿，救亡图存，辗转不知方向，求学，该去往何方？

上海大学的出现，无数热血青年的奔赴，萤火引亮了更多薪火，扶持着一路向前。

20世纪20年代的上海大学，发轫于闸北弄堂，迁播于租界僻巷，校舍简陋湫隘，办学经费拮据，师生又屡遭反动派迫害，但在中国共产党和国民党左派以及进步人士的共同努力下，屡仆屡起，不屈不挠。上海大学声誉日隆，红色学府名声不胫而走，在艰难办学的五年时间里，为中国革命和建设培养出一大批杰出人才。

他叫安剑平。

他发起的上海大学“中国孤星社”，提倡“研究学术，讨论问题，彻底了解人生，根本改进社会”，为反帝反封建、介绍新思想、团结进步青年提供重要根据地。安剑平以投身正义事业而骄傲自豪，跟随中国共产党的脚步，学习马克思主义的科学真理，他曾说：“我个人更该在人民大海的事业中联系群众，靠拢人民政府，尽我点滴的力量，弥补我多年来孤军奋斗和走尽弯路的损失。”

他叫陈望道。

作为《共产党宣言》第一个中文全译本的翻译作者，废寝忘食，以笔为矛，作为在上大实际任职任教时间最长的一位重要领导人，为上海大学留下了宝贵的精神财富。他曾说："我做过上海大学教务长，上海大学就是培养革命干部的大学。"

他叫戴望舒。

"雨巷诗人"追逐着他内心的"丁香姑娘"：他的理想，他的国家。作为中国现代诗派的代表人物，作为极具天赋的文学青年，戴望舒并没有一味钻在文学的象牙塔中自我陶醉，而是在上海大学这座革命的熔炉中，积极地投身到火热的革命斗争中去。他在诗中写道："因为只有那里我们不像牲口一样活，蝼蚁一样死……那里，永恒的中国！"

她叫丁玲。

一生追求自由与解放，作为新女性的代表，她积极参与五四运动，"随着高班的大同学，一同冲出校门，上街游行，大声疾呼，要唤醒民众，反对封建主义、帝国主义"。她曾说："人，只要有一种信念，有所追求，什么艰苦都能忍受，什么环境也都能适应。"

……

"文有上大，武有黄埔。"在风雨飘摇的年代，上海大学的红色血液在当时中国破碎的心脏中仍热烈地涌动，上大英雄，在抛头颅洒热血的时候，他们不知道何时会胜利、何时会天亮，他们也不知道历史的车轮往何处去，但他们依然坚定地握住缰绳。道之所在，虽千万人吾往矣。爱国，是他们献给祖国微不足道的浪漫。

如今的上海大学，焕然一新，这朵年轻蓬勃的花朵，既接受着新时代的滋润，也保留着百年来所传承的红色基因。新上海大学组建的二十多年来，蹈厉奋发，风雨兼程，一头扎根于丰厚的红色历史土壤，另一头则瞄准上海乃至国家的发展需求，坚持在晨曦中赶路，以赓续上海大学红色基因为己任，以青春与活力雄踞于全国高校之林。

鲁迅说过："愿中国青年都摆脱冷气，只是向上走，不必听自暴自弃者流的话。能做事的做事，能发声的发声。有一分热，发一分光。就令萤火一般，也可以在黑暗里发一点光，不必等候炬火。"

作为新时代的上大青年，我们更应该树立理想信念，磨炼自身本领，投身强国伟业。就像《觉醒年代》没有续集，因为"我们就是续集"一样，上海大学从没有消失，因为新上大的我们就是他们的传承，让青春在党和国家最需要的地方开出最绚烂的花朵。

青年者，人生之王，人生之春，人生之华也。我们是时代的见证者、参与者、引领者。过去的上大青年从上海大学走进新中国，如今的上大新青年也将从上海大学走向中国的伟大复兴。不同的时代，不同的历史使命，但怀揣着的是同样的对党的无限忠诚，对国家的赤忱热爱。

天高海阔万里长，上大青年意气扬，发奋图强做栋梁，不负先辈，不负年少。

# 不朽之魂

马润雨

云山苍苍，江水泱泱；先生之风，山高水长。

——题记

一百多年前，毛泽东在《湘江评论》中写道：“我们的社会，我们不干，谁干?”那时的中国，正值动荡，内有军阀混战割据，外有列强虎视眈眈。无数的仁人志士高声呐喊：“中国不亡，有我！”1917年的冬天，一声惊雷响为中国送来了马克思主义，陈独秀、李大钊、董必武、陈潭秋等革命先驱建立中国共产党。中国革命从此乘长风，破巨浪，进入一个全新的时代！

“擎一把火走出半生，留一片霞至死无悔”是为不朽。

狂风漫卷，暴雨倾盆，人们昏睡在黑暗之中，死寂一般。他独立柴屋，一卷一笔一青灯，满嘴墨汁浑不知。全译本《共产党宣言》在沉闷中悍然出世。这恰如星火带来一抹亮，亦是陈望道先生由一个经过五四新文化运动洗礼、具有新思想的知识分子向一个具有共产主义理想信念的伟大革命斗士的转变。在陈望道先生的主持下，《新青年》成为宣传马克思主义的重要阵地。陈望道先生不仅积极宣传马克思主义，而且以实际行动践行马克思主义。1922年10月23日，在中国共产党和中国国民党的合作之下，上海大学成立。陈望道接受了上海大学的聘请，赴上海大学任教。作为一名语言学家，他不仅为大学部学生教授语法文法学、修辞学和美学，还为中学部学生开设中国语法及文法、修辞学等课程。“绘画当求适于人生”“吾人今日读书，固不应变成老顽固，然亦当谨防流为新顽固。盖读书乃作事之参考也”，如此谆谆教诲体现其挚诚的师者情怀。1932年，陈望道所著《修辞学发凡》问世。在书中陈望道既以大量篇幅谈了修辞技巧，又着重说明了它与内容的关系，突出了修辞的目的——为内容服务，把内容和形式辩证统一的观点运用到修辞中。如此兼通古今的修辞学专著体现其终生学习的学者情怀。无论时局如何变换，陈望道一生始终坚信马克思主义，用一生的坚守诠释了马克思主义真理的力量，也正是这种追求真理坚持信仰的强大力量使陈望道先生走出半生，归来已是霞光万丈！

“博览群书兼通古今，写尽世间炎凉百态”是为不朽。

“大丈夫当以天下为己任。”这是12岁的茅盾在会考作文中写下的一生追求与信仰。从小各科成绩优异的他在父母的鼓励下，只身踏上了开往湖州的火车，开启了自己的中学生活，一篇《志在鸿鹄》被老师大加赞赏：“是将来能为文者。”老师的预言恰恰给少年茅盾指明了方向，他的写作之路渐渐清晰明朗。成年后的茅盾一边笔耕不辍一边积极投身于革命。茅盾在上海大学任职期间，五卅运动爆发了，他义无反顾地加入了这场反帝爱国运动，成为革命骨干与先锋。“天亮之前有一个时间是非常暗的，星也没有，月亮也没有。”一部深刻描绘民族资产阶级在旧中国的脆弱性与妥协性，刻画官僚阶级、买办阶级、民族资产阶级、无产阶级在风云激变的时代中不懈斗争的奇书《子夜》出版。茅盾文学奖至今仍在照亮着无数人的写作之路。

“春深大地硕果累累，秉烛夜谈爱生如子”是为不朽。

“培植阶前玉，重探天上花。”自幼受古代文化熏陶，具有丰厚的文学基础的俞平伯顺利考入北京大学文科国文门。在校期间他经受了五四新文化运动的洗礼，积极学习新文化新思想。《红楼梦辨》是他对古典文学深深的眷恋与沉思，这样一位散文家、红学家辗转于各个学府，先后执教于上海大学、燕京大学、北京大学、清华大学等知名高校。学生施蛰存回忆道：“曾经到俞先生的寓所当面求教，适逢停电，便买了蜡烛，与老师一起秉烛夜谈。”

无论是百岁革命老人黄玠然还是“妙笔名震天下”的丰子恺，抑或中国妇女运动的杰出领导者杨之华，无数上大人秉持着“自强不息”“先天下之忧而忧，后天下之乐而乐”的精神奔赴山海，为国家建设竭尽心血，至死不渝。

有信念、有梦想、有奋斗、有奉献的人生才是有意义的人生。“得其大者可以兼其小”，作为新时代青年的我们更应把人生理想融入国家和民族事业之中，出一份力，担一份责，发一抹光，发扬先烈之不朽精神，实现民族之伟大复兴！

# 鸿志薄云无愧怍　丹心一片照中国

朱品同

“忆往昔，峥嵘岁月稠。”适逢庆祝中国共产党成立100周年之际，我带着一本《他们从上海大学（1922—1927）走进新中国》踏入了我人生的新起点——上海大学。翻开承载着上海大学辉煌的书页，感怀于百年前峥嵘岁月、人才辈出的时代，沉湎于对百年前志向道路皆不同而“殊途同归”最终走进新中国的上大先贤……作为一名“新上大人”，此刻，我也在提笔写下对这座百年红色学府、对从这里走出的无数英烈的印象。

鸿志薄云——百道异业起于尺寸之间。

追溯百年前，可以看见“砍头不要紧，只要主义真”的夏明翰的无畏，可以看见向北大门口的保安脱帽致意的蔡元培的民主精神，可以看见潜心入世改造乡村的梁漱溟的儒家精神，可以看见一生致力于平民教育的晏阳初的人文关怀……我们可以看见的是历史上激流浪尖上的那一朵朵浪花，看不见的是托举这一切的无数走在通往新中国路上的人们，这其中，一定有上海大学学子的身影，他们或以笔为剑，在混沌中勾勒光明，或投身教育播撒新思想的种子，或身赴一线不断探索革命正确道路……或许《新青年》永垂不朽，但又有谁会记得《孤星》旬刊；或许梅贻琦流芳百世，但又有谁会记得顾均正在中国科普界扛起的大旗；或许五四的青年精神代代相承，但又有谁会记得上海大学走上不同道路但同为新中国奋斗的前辈……中国革命的道路上，多少上大学子抛头颅洒热血，虽身处不同行业，也未必能名留青史，但中国革命事业正是筑基于这千千万万道路不同而又兴于尺寸之间的事业之中。

鸿志薄云——千锤百炼兴自焚膏继晷。

回首可见梁灏历经三朝“白首穷经，少伏生八岁；青云得路，多太公二年”八十二岁终成状元；也有“故画竹，必先得成竹于胸中”的文与可胸中自有成竹；更不缺无数夜以继日苦读以求救亡图存的铮铮铁骨。今天，上大的“他们”被记载于《他们从上海大学（1922—1927）走进新中国》。而回望，被载于册的人们背后又有多少苦汗与血泪支撑他们直到功成名就。乱世年华，教育百废待兴，社会风声鹤唳，从短短五年的上海大学中走出的戴望舒、邵力子、沈雁冰（茅盾）、田汉、王稼祥等何尝不是夙兴夜寐、苦心孤诣，只求社会走上正轨，也正是因为有他们，上海大学才能在飘摇的社会中逐渐站稳脚跟。“合抱之木，生于毫末；九层之台，起于累土；千里之行，始于足下”既描绘着百年前从上海大学走出的焚膏继晷的“他们”，也同样述说着那年乱世中的上海大学。

鸿志薄云——万马齐喑却能横空出世。

政权林立，风雨如晦，民匪不分。在充斥黑暗的年代中，1922年10月23日，一所由中国共产党与国民党合作创办的高等学府“上海大学”横空出世。《诗经·小雅》有云：“鹤鸣于九皋，声闻于野。”百年前的上海大学，在万马齐喑中，总有人行歧路、逆大流，在蒙昧中睁开眼睛，在喑哑中发出声音，振聋发聩。20世纪20年代的上海大学校舍简陋湫隘，办学经费拮据，师生又屡遭反动势力迫害，但在前仆后继的万千学子的努力下，上海大学成为革命前沿的重要力量，成为进步思想的传播地和改造社会的实践地，也成为全国高等学府的精神高地，引导并启发了中国进步青年，更激起了五卅运动的风云，作为五卅运动的策源地，上海大学在此期间发挥了重要作用。上大师生为五卅运动谱写的悲壮序曲，成为令人热血澎湃的红色记忆，也成就了“北有五四时期之北大，南有五卅时期之上大”的佳话。

“鸿志薄云无愧怍，丹心一片照中国”，《他们从上海大学（1922—1927）走进新中国》记载了在上海大学工作学习战斗过的先烈们的可歌可泣的事迹和不凡经历。他们虽然志趣不同、道路不同、事业不同，但永远走在为实现建立新中国的事业而屡仆屡起的奋斗路上。

# 与时代并肩成长

徐　言

我从上海大学精致而厚重的录取通知书礼盒中拿出这本《他们从上海大学（1922—1927）走进新中国》，拆去塑封，沉下心来去了解百年上大的历史和名人事迹。合上书卷，我仿佛透过这本书看到了那段光辉灿烂、可歌可泣的历史年代。手里的重量，是历史的厚重，是传承红色基因的重担，是继承和发扬上大光荣传统的责任。我决心与上大一起奋斗，一起共赴新的征程。

1922年10月23日，在风雨如晦的年代，一所由中国共产党与中国国民党合作创办的高等学府"上海大学"横空出世。而就在前一年，中国共产党宣告成立，揭开了中国历史的新篇章。回顾历史，我们可以发现上海大学的史迹与中国共产党的发展紧密相连。

《诗经·小雅》有云："鹤鸣于九皋，声闻于野。"20世纪20年代的上海大学，发轫于闸北弄堂，迁播于租界僻巷，校舍简陋湫隘，办学经费拮据，师生又屡遭反动势力迫害。但在中国共产党和国民党左派以及进步人士的共同努力下，屡仆屡起，不屈不挠。上海大学声誉日隆，红色学府名声不胫而走，吸引四方热血青年奔赴求学。在艰难办学的五年时间里，上海大学为中国革命和建设培养出一大批杰出人才，在当时就赢得"文有上大，武有黄埔"之美誉。在波澜壮阔的五年时间里，老上海大学取得的成就值得我们永远记取，老上海大学的办学传统和办学精神值得我们永远继承和发扬光大。

抗战时期受到周恩来书赠诗联的国民党左派曹天风，中国现代诗派的代表人物戴望舒，为革命刊物《中国青年》两次创作封面的画家丰子恺，中国现代科普界的前驱顾均正，新中国首任国家宗教事务局局长何成湘，中华人民共和国国歌歌词的作者田汉……他们从上海大学校门走出，从不同的战线、不同的道路，以不同的方式，最终千流归大海，走进了他们为之憧憬、为之奋斗的新中国。老一辈的上大人身体力行，肩负使命和责任，开辟出今天的康庄大道。

他们有的成为国家部委和人民团体的领导；有的成为新中国文化战线的领导人；有的成为新中国的开国将领；有的成为教书育人的大学校长；有的成为马克思列宁主义理论的专家；有的成为作家、诗人、戏剧家；有的成为画家、音乐教育家；有的成为编辑；有的成为外交家；有的成为桃李满天下的大学教授。他们在党的方针政策指引下，在新中国为党的统一战线事业作出新贡献。还有一批老党员、老革命，新中国成立后虽然长期在地方、基层工作，但他们依旧坚守当年入党初心，在平凡的岗位上展现出老党员的品质和情操。

而老校长钱伟长的名言“国家的需要就是我的专业”至今伴随着上大人成长成才，成为国家栋梁，为国家建设作出贡献。新时代的上大人正乘风破浪，迎着新时代的朝阳，建设新中国的美好未来。

从1994年新上海大学组建至今，过去27年了，在这27年中，上海大学在历届校党委的细心领导下，蹈厉奋发，风雨兼程，一头扎根于丰厚的红色历史土壤，另一头则瞄准上海乃至国家的发展需要，坚持在晨曦中赶路。每一位上大人都欣喜地看到，今天的上海大学在服务国家战略和上海经济社会发展方面正发挥着越来越重要的作用。

27年的砥砺奋进，上海大学以赓续红色基因为己任，以青春与活力雄踞于全国高校之林。

作为新上大人，回首上海大学的红色历史，虽然有近百年之遥，但如刃之发硎，历历在目，令人心潮澎湃；放眼今天的新上海大学，花团锦簇，桃李争艳，自豪之情油然而生。

这是一所秉承红色文化的高校，不忘初心，自强不息；这是一所充满青春活力的高校，乘风破浪，乘势而上。赓续红色基因，书写青春传奇。站在“两个一百年”奋斗目标这一全新历史交汇点，我们相约共赴新征程！

生逢盛世，当不负韶华，我们应当满怀家国情怀，勇做时代的奋进者；有幸遇见，当不负相逢，我们应当践行使命担当，在红色学府成就更美自我。

征途漫漫，唯有接续奋斗。

与时代并肩成长的上海大学，我们一起在未来书写更多精彩华章。

# 此心天下一

温小乐

上海大学在我心中是熊熊燃烧的火团。它烧得炽烈，耀眼如炬，让我难以直视其璀璨面貌——人总是无法直视太阳。于是，我开始从侧面窥看上海大学的光辉，像观察日冕，看太阳有多辽阔的展开一样，看从它身上迸发出来的闪耀星点，是如何照亮那个风雨晦暗的新中国的。

百年前的那段飘摇的岁月，偏偏以其破絮衬出觉醒的力量与黄金般的精神。青年入上大，一跃而出的是怒目的猛士。人流不辍，上大的火光映出憧憧的影子，将巨人的精神投射入绰绰的阴暗中，打开一扇扇可见与不可见的铁门。

翻开书，一位位先生在历史的长河中搏浪而来。陈望道译《共产党宣言》废寝忘食，把墨水当红糖；戴望舒以诗为媒彰显革命底色；丰子恺生趣妙笔绘就《中国青年》封面……足让我惊异的是，那么多鼎鼎大名的先生，居然都是上海大学的老校友。这让我敬佩上海大学丰厚学养的同时更感到荣幸。虽先生们不曾识得我，可我亦有作为上大人的快乐与满足。

在灿若繁星的老校友中，其事迹最引发我思考的，是曹天风先生。

编者为每位上大的老校友，都按其生平编入一句判词。对曹天风先生，编者的评论是“抗战时期收到周恩来书赠诗联的国民党左派”。这短短一句话，蕴含了极大的张力，更诱生了我巨大的好奇。我开始仔细地阅读曹天风先生的事迹。

曹天风先生出生于一个“忠厚传家久，诗书继日长”的封建家庭。在新文化运动与五四运动中接受新思想熏陶的他在上海大学求学期间结识了一众志同道合的好友。在这一时期，他受到瞿秋白等中共早期领导人及马克思主义者的深刻影响，思想上渐渐有了自己的认识。我猜想正是在这时，曹先生对于国民运动、救国道路，有了自己的深刻理解。后来，经人介绍，曹先生加入国民党，积极参与国民运动。

在目睹蒋介石发动四一二反革命政变后，曹先生愤然改名“天疯”（后改为“天风”），并写下“革命成亡命，信徒作叛徒”的强烈控诉，积极宣传反对“清党”，并参加了反对国共分裂、维护孙中山“三大政策”的镇江起义。

在有幸一窥曹先生人格风骨之后，我发现曹先生虽为国民党的一员，却与我刻板印象中的国民党形象有所不同。在读过曹先生的事迹后，我忽然意识到，国民党在组建初期，其目标也是救亡图存。很多加入国民党的有志之士，其心其行也是赤诚爱国的。

而且，我意识到，在党别差异的背后，其实绝大多数人的精神底色都是相同的——爱国。他们只是做出了不同的选择，是建立在当时的、有个人的与历史的局限的选择。爱国之心，是放之四海而皆准的。为何国共两党能够合作？为何孙中山先生提出“三大政策”的箴言？正是因为爱国之心是人人皆有的。这也正解释了，为什么蒋介石的反共政策，在实际推行的过程中，受到了国民党内部的阻力——如曹天风先生，竭尽所能地营救共产党员，让他们免受国民党反动派迫害。

所以，基于爱国共识的前提，我们可以解决很多问题。今天，世界思潮风起云涌，多方势力为了自己微妙的利益，试图操控人们的思想。很多人忘记了，我们都是中国人，我们都是为了同一个目标——民族复兴、祖国富强而共同努力前行的。

这个时代众声喧哗，人人都有自己的意见与认知。在小众文化发起对主流文化进攻的今天，人们被无限地细分为方糖般的文化圈层，困在自己的茧房中，不愿去面对其他的观点，不愿去接受其他的思想。在这样的境况中，凝聚基本共识，就尤为困难。人们在小群体中找到归属感，却放弃了成为一个更大的共同体的一员的可能。这不仅造就了无根飘零的孤独感，使现代病中的人们感受不到与人群的联系，更使得人们陷入本不该存在的争端与矛盾中，失去相互理解的机会与可能。

所以，从曹天风先生身上，我们看到的不仅仅是一位思想先进而独立的上大校友，更是一剂救世良药，一种解决现代难题的可能方案。从他身上，我们可以看到跨越派别与立场的基本价值共识的存在，可以看到理性人做出基于自己认知的判断的可能，可以看到人们放下那些被高度口号化与符号化的偏见，试图寻求相互理解的空间。曹天风先生给我一种安慰，使我相信，在高度细分化差异以至于一些群体间几无共识的世界中，还有一些东西不是非黑即白的，是存在互相理解与凝聚共识的可能的。

此爱国心天下一，是一个前提，是一个基本认知。它虽从曹天风先生身上体现，却是中华民族每个个体的精神底色，因而拥有实践的可能。如果我们能够拭去其之上的硝烟、铜臭、灰尘，中华民族的伟大的复兴便指日可待。如果我们能够成功地凝聚整个世界的共识，那么人类命运共同体的理念将切切实实地成为可触摸的现实。

# 他们　我们

张天译

走进上大，微风拂面。回首百年，历久弥坚。

当一轮轮甲子更替，当日夜星河如梭更迭，我们看见新时代下祖国的富强，亦不会忘却，百年前那划破黑暗的光。

自小便从父母老师那知晓，如今幸福生活来之不易，更明白是谁抛头颅、洒热血，终于换了这人间。仿佛是刻在基因里的，仿佛是流在血液里的，新文化运动、五四运动、五卅运动、南昌起义、万里长征、开国大典……这一连串名词简短却沉重。从小学的道德课、中学的历史课起，我便将这些名词用盈眶的热泪刻在脑海深处。我敬畏一连串名词背后难凉的热血；我敬畏埋在华夏九州的无名忠骨。我叹息，因为他们的英烈；我叹息，因为他们离我太远。

直到那天，我收到上海大学的录取通知书。打开后，我看见一本书——《他们从上海大学（1922—1927）走进新中国》。心头一震，旋即翻开阅读。我看见一位位上海大学革命先烈的光荣事迹，我看见一个个记忆里的名字与上海大学的岁月重叠。我意识到，自己即将踏入的是刻有红色基因的高校；我感慨道，我将与众多先烈的英灵共处一校。

我们从五湖四海走进上海大学，他们从上海大学走进新中国。我们从校门走入，望着平静如镜的泮池；他们从校门走出，看见暗流涌动的社会。我们肩背书包，手提行李，同新时代说声你好；他们身负孤勇，手握真理，与旧世界分个高低。

我们流泪，因为他们。他们高歌，因为我们。

我从未对五卅运动有过如此之深的感触。可能是因为它的伟大，我向来只敢抬头仰望，以目致敬。如今，读过《他们从上海大学（1922—1927）走进新中国》后，我恍然间发现原来它不是隔在天边之远，它没有埋在历史的后尘之下。它是由一个个熟悉的名字组成的，它是由一名名从上大走出的新青年践行的。

历史的车轮从未停止转动，也永远不会停止转动。如今，我们也是新青年，我们正是新时代下的新青年。我们与当年从上海大学走出的新青年一样，满怀一腔热血、身负使命责任。时间将我们推之某一奇妙的重合点，上大将我们与新中国的历史紧密连接。

合上书本，我愈发清晰地感受到肩上的重担。但当我想起从上海大学走出的他们，我的眼神便不由得更加坚毅。

书上的字字句句让我充满恳切的期望，书上的行行列列让我充满欣喜的向往。

我要追寻，追寻先辈的印记。

我迈开脚步，走进溯园。溯园中无数的石子像一个个无法被记住却不会被遗忘的名字。墙上斑驳的印记正是历经岁月沧桑却未被磨灭的证明。

难忘啊，难忘……

难忘上大峥嵘百载，而浩浩汤汤、凛然不绝的爱国之志气；难忘瞿秋白与那响彻寰宇的《国际歌》；难忘邓中夏举起的正规化办校之大旗；难忘向旧世界叫板的何尚志；难忘领导上海工人阶级运动的刘华……

年轻者不当忘，有志者更如是。

青年二字总关乎殷切的希望与蓬勃的热情。“少年强则国强，少年雄于地球则国雄于地球”是梁启超上个世纪的呐喊；“你所站立的地方，正是你的中国。你怎么样，中国便怎么样；你是什么，中国便是什么；你若光明，中国便不黑暗”是这个时代的呼唤。

百年前，从上海大学走出的他们成为一个时代的记忆。看今朝，走进上海大学的我们身上亦应传承这种精神品质。走进上海大学，我们能看到头顶的蓝天与星夜，那是百年前的他们用点点星火点燃的新世界；走进上海大学，我们能看到水平如镜的泮池，那是百年前的他们用声声不屈换来的片片平静；走进上海大学，我们能看到斑驳的溯园，那是百年前的他们用生命求一个信仰、用青春换一个真理的见证；走进上海大学，我们能看到光明前途、康庄前路，那是百年前的他们在漫漫黑夜里倾其所有追求的璀璨明天。

将书本放在眼前，我看到百年坎坷，幻成一片；将书本放在耳边，我听到无数他们，呐喊声振聋发聩；将书本放在胸前，我感到难凉热血，从书本淌进心间。出发吧，青年！

# 红色基因　时代传承

李羽佳

今年夏天，我有幸被上海大学录取并通过赠书深刻了解到上海大学的历史。作为中国共产党创办的第一所红色学府，上海大学不仅培养出了一批有志投身革命、钻研知识的杰出青年，还深刻地将红色基因烙在这所大学的骨子里，在时代的发展中始终与党紧密相连。我认为，正因为上大红色基因的接续传承，每一代学子才能肩负家国担当，成为时代的奋进者、开拓者。

上海大学建于1922年，那是家国动荡、军阀混战的晦暗时期，也是中国革命焕然一新的觉醒年代。它在压迫中崛起，由中国共产党与国民党共同办学，吸引广大有志学子与教师怀揣梦想来到这里，为了走进新中国而刻苦学习，不懈奋斗。书中详细记录了五年间与上大结缘的先辈们以不同的方式先后踏上不同的道路，为国家独立，民族复兴作出的努力与贡献。从中我体会到了上海大学自建校以来秉承的红色文化与精神。

上海大学的红色基因源于其良好的革命氛围。上大自开办以来聚集了一批传播革命思想的教师，比如废寝忘食翻译《共产党宣言》的陈望道先生，长期为学校管理呕心沥血，坚守岗位至最后时刻；又如革命家瞿秋白先生将社会哲学与当时的革命斗争实际相结合，传播知识与革命道理。他们为上大宣传马克思主义革命思想提供了先决条件，培养了大批革命杰出人才。如戴望舒、施蛰存、丁玲、王稼祥等都印证了陈志莘的那句“上大办得好，是制造炸弹的”，意为上海大学是培养革命干部的摇篮，是塑造革命精神之所在。

上海大学的红色基因兴于极富创新的教学精神。在办学内容上，学校强调要读懂“两部书”：一部“有字之书”，即马克思主义；一部“无字之书”，指中国社会。阳翰笙曾说自己对马克思列宁主义从“很肤浅的，半懂不懂的”到“在社会学系，从马列主义哲学、政治经济学、社会发展史，一直到工人运动、青年运动、帝国主义侵略中国史等等，都是以马列主义为中心进行系统的教育”，体现了上大在育人上从社会的方方面面渗透马克思主义系统知识，使一代进步青年加深了对马克思列宁主义理论知识的了解与向往。在教学方式上，学校具有灵活性与多样性。每位教师都在各自擅长的领域以不同授课风格教导学生，不论是“滔滔不竭瞿秋白”，还是“讷讷难言田寿昌”，都受到学生的尊重与爱戴，促进积极活泼的校风形成。不仅如此，教学将理论与实践相结合，使学生不仅能走进课堂，更能走向社会。从李大钊等专家学者来校讲座到《新青年》《先锋》等进步刊物在上大流传，再到学生举办平民学校、识字班，可见上大教学的前瞻性与先进性。

上海大学的红色基因燃于革命活动对师生的锻炼。在外部压迫与内部觉醒中，师生克服困难，革命的精神被上海大学延续。在上海大学被租界当局武力封闭时，学校克服重重压力，建立临时校舍继续办学，绝不因压迫放弃学习斗争。学生孔另境在亲身经历学校遭遇的迫害后，他却因压迫而抗争，认为上海大学“它的精神是永久不会消灭的”。1925年上海爆发五卅运动，上海大学师生在中国共产党的领导下，担当了运动的先锋与主力军，积极投入这场轰轰烈烈的反帝爱国运动。沈雁冰教授随上海大学学生宣传队参加示威游行，哪怕有游行学生遭遇英国巡捕的杀害，他也没有畏缩退却，毅然冒着危险跻身游行队伍。当年六月，沈雁冰参与成立上海教职员救国同志会并起草宣言，发表讲演，为报道五卅惨案真相出版报纸。革命热情与对马克思主义的认识在时代大势与内部理想的促成下让上海大学成为革命的熔炉，使红色基因经磨难而愈发绽放光华，经岁月洗礼更熠熠生辉。

时光流转，昨天的上海大学的英雄历史与风流人物经受住了时代的考验，将“自强不息”的精神与“先天下之忧而忧，后天下之乐而乐”的处世准则与红色基因留给身为后浪的我们，今天的上海大学通过赠书，让我们以清晰明了的方式看清了先辈的足迹与学校的光辉岁月。我相信作为新时代新青年的我们定能像前辈一样，从上海大学的教育中汲取养分，感受榜样的力量。大学之道，在明明德。我们将接过历史的交接棒，从巩固自身丰富知识开始，以修齐治平为目标，传承红色精神，书写爱国之情，立志成为对国家对社会有益的人。

# 星火不熄上大魂　红色基因永流传

武　锐

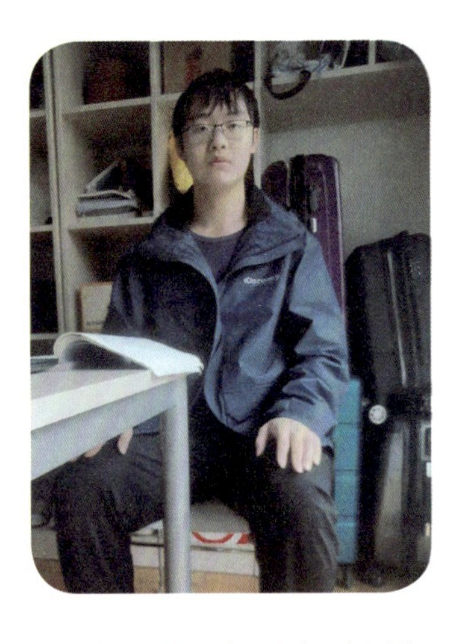

怅惘于那个风雨如晦的乱世，悲愤于那段黑暗无光的历史，我满怀对历史的忧思与愤慨，满心对英杰的希冀与期待，翻开了《他们从上海大学（1922—1927）走进新中国》。良久，我合上书本，掩卷深思。无光的黑暗中，点点星火逐渐燃起，终成燎原之势；深沉的乌云中，道道雷光划破长空，终将照亮神州。他们从上海大学出发，仿若声震天下的雄鸡，将黑暗驱散，将黎明带来，唤醒了世人迷惘的灵魂，书写了历史崭新的篇章。

红色学府燃薪火，百年上大育英魂。1922年10月23日，在那个风雨如晦的年代，一所由中国共产党与国民党合作创办的高等学府“上海大学”横空出世。而就在前一年，中国共产党宣告成立，揭开了中国历史的新篇章，改变了中国革命的旧局面。揆诸往事，中国共产党的成立无疑与上海大学的建立有着密不可分的联系。红色的火种已经埋下，革命的薪柴已然赤红，创办上海大学的先辈们将红色基因铭刻在上海大学的血脉中，吸引了一群又一群仁人志士，培育了一代又一代革命青年。在中国共产党和国民党左派以及进步人士的共同努力下，上海大学虽经费拮据、校舍简陋，师生屡遭迫害、多受打击，却始终不屈不挠、坚持办学，在短暂却辉煌的五年里创造了令世人瞩目的成就，赢得了“文有上大，武有黄埔”之美誉。上海大学的成就值得我们永远铭记，上海大学的精神值得我们永远传承。作为新一代上大学子，我们理应接续薪火相传的接力棒，汲取深厚的上大红色文化滋养，争当新时代的进步青年。

“携来百侣曾游，忆往昔峥嵘岁月稠。恰同学少年，风华正茂；书生意气，挥斥方遒。”在那波澜壮阔的五年里，上海大学高举红色旗帜，引领时代前行。而组成灿若骄阳的上大的，正是无数璀璨的星火。在上海大学的发展史上，一个又一个星辰般闪耀的名字熠熠生辉，虽在彼时黑暗的神州大地上寥若晨星，却已奏响黎明到来的序曲。读完《他们从上海大学（1922—1927）走进新中国》，前辈们的事迹令我为之折服，前辈们的精神让我为之倾倒。“俱往矣，数风流人物，还看今朝。”毛主席充满豪情的话语犹在我耳边回荡。在那个年代，备受屈辱的黑暗历史终将过去，他们正是彼时的风流人物。

笔耕不辍续文脉，以笔为剑投革命。

1922年，17岁的他只是一个刚开始进行文学创作与文学活动的青年。1923年9月，戴望舒考进上海大学中国文学系。在那里，他结识了不少志同道合的良师益友，学习了中外文学与社会科学的基本知识，了解了革命理论，参加了实际斗争。一方面，他在文学上积极发展，在努力学习文学知识的同时成立了文学团体“青凤文学会”，与好友们共同研究热爱的文学，在20世纪二十年代末三十年代初写下了《雨巷》《我的记忆》等诗作名篇，并凭借其独特的风格被人称为现代诗派“诗坛领袖”。另一方面，他以极大的热情积极投身革命，宣传革命思想，参与五卅运动等革命斗争。抗日战争全面爆发以后，他于1938年3月，参加发起成立中华全国文艺界抗敌协会。1941年底，因宣传革命，戴望舒被日本人逮捕入狱。他在出狱后，饱含着对侵华日寇的深切痛恨以及对沦陷山河的无限痛惜，创作出了《我用残损的手掌》，用如泣如诉的语言诉说着深沉而炽热的情感。

巾帼何须让须眉，文武双全书传奇。

秋瑾曾言：“身不得，男儿列。心却比，男儿烈！”张琴秋无疑是这句词的生动写照。1923年底，张琴秋在好友（也是她后来的丈夫）沈泽民的建议下辞去振华女校的教职，来到上海考入上海大学。进了上海大学以后，她在课堂上系统地学习了马克思列宁主义的理论，逐步确立了共产主义的世界观，并在学校党组织的安排下积极参加各种革命实践活动。她从中逐渐积累经验，参加革命斗争、领导罢工运动、从事妇女运动，并最终成长为在红军长征中独当一面、文武双全的女将领。她在宣传、组织群众与建立、巩固革命根据地等方面作出了突出的贡献，曾担任过红四方面军的领导人之一。文武双全的她书写了一个革命者的传奇。

仰望红色上大的灿烂星空，无数璀璨的星辰令我心向往之，说不尽的传奇经历，道不尽的深切敬意。“取义成仁今日事，人间遍种自由花。”上大的前辈们，愿这盛世如你们所愿。

上大之魂星火不熄，红色基因永续流传。赓续红色基因，传承红色文化，是我们这一代人的使命与担当，是这一代上大学子的荣耀与责任。

# 薪火归一处　月涌大江流

李若菲

"忠诚印寸心，浩然充两间。"阅读《他们从上海大学（1922—1927）走进新中国》，我看见的是无数灿如漫天星火的革命志士将自己的生命燃烧直至照亮漫漫长夜，我听见的是无数中华儿女在轰天炮火中无尽地呐喊直至将新中国这头沉睡的雄狮唤醒。笔墨纸砚书不尽英雄忠骨，卷帙浩繁道不尽先烈英魂。

上大人，有自己的英雄魂。

赤诚如少年，上大学子怀揣一腔孤勇，手捧一片希望，在战火纷飞的年代书写新中国崛起的壮丽篇章。前路无光又如何？我辈上大学子便自己以笔作炬，做自己唯一的光；前路波折又如何？我辈上大教师敢执笔为剑，冲过敌人炮火烈焰，于三尺讲台之上传播智慧光芒。

前路漫漫，恰上大师生前仆后继不畏艰难险阻；后生可畏，唯我上大师生乘国家担当不惧时代沧桑。

"且将头颅击长天"，上大学子王环心一句掷地有声的话语为学生运动激起千层浪潮。上海大学为这位从闭塞乡下远道而来的学子提供了他未曾见过的广阔舞台，其革命思想在上大的层层浸染下有了进一步的发展与提高。《幻想曲》一诗，没有当时小资产阶级文人的颓丧与风花雪月，有的是一针见血地指出在满目疮痍的土地上唯有振作才有可能改变现状。"可怜他们不思振作，甘心把青春送葬；可怜他们不图自强，坐任着虎噬豹伤"既是王环心对当时国人现状的担忧无奈，更是对如今处于和平时代的我们居安思危的有力警醒。

上大人,有自己的强国梦。

热血如少年,上大学子胸怀强国气概,眼观六路,在复杂的变局下开拓新中国发展壮大的强国道路。前无古人又如何?我辈上大学子便以自己作革命薪火,以盼中国革命薪火相传;前途渺茫又如何?我辈上大学子敢以自身荐轩辕,冲破列强桎梏束缚,于世界舞台之上思考中国方向。

"学问艺术无不要求急速的进步,方能加入国际学术界的文化生活。"在上大任职教务长的瞿秋白先生对新中国的探索话语激起无数上大学子的壮志豪情。当时的上大不过刚刚起步,瞿秋白先生这一意义深远的见解着实为上大浸润了知识的土地,滋润了莘莘学子的内心。根据这一设想,瞿秋白先生以上大为试点,统一规划设立不同学院与系别。如瞿秋白先生、俞平伯先生等革命先辈无不对上大寄予了深切厚望,他们希望上大能成为新文化运动的中心,以此激励全中国的大学兴起学术浪潮。

从此之后,因上大超前的学术氛围与指导方针吸引而来的学子日益增多,他们怀着救国自强的梦想在上大学习红色课程,坚定了红色信仰,走上了革命道路。其中成为无产阶级革命战士的著名剧作家阳翰笙回忆道:"我到了上大才知道,以前读过的一些马列主义的书,都是一知半解、似懂非懂的,实际上就是不懂。到了上大觉得一切都非常新鲜,许多理论和道理都是闻所未闻的,所以就拼命地学习与研究。"

上大人,有自己的大无畏。

在上大学子中,最令我记忆深刻的是那位退学从戎的书生季步高。这位进入上海大学时仅16岁的年轻学子,在革命浪潮中燃烧了自己的一切,包括生命。他说:"人之作事须自始而终,中途辍业,见异思迁,识者不取也。况乎吾辈今日之求学,为毕生事业之始基,年华易逝,转瞬白头,今日不加奋勉,将见日暮途穷,悔恨晚矣!"就是这样一位如此视读书为生命的学生,却在面对中国日益紧迫的局势时做出了如此决定,他在上大求学之后,没有选择进一步深造,而是经历红色浸染后毅然走上了革命道路,面对一次次艰苦卓绝的斗争,他以共产党员的卓然正气经受住敌人的威逼利诱,最终英勇就义于红花岗,为新中国的革命事业奉献出自己年仅22岁的宝贵生命。

从这本书中,我读到的不仅是那个年代人们对于知识的渴望高于生命架构的无私,更是为了人类共同事业而努力奋斗甚至抛弃自己所拥有的一切的雄心壮志。上大学子在中国阴暗艰难的年代里贡献出自己竭尽一切发出的微弱光亮，可聚沙成塔、集腋成裘，众多上大学子的不懈努力汇在一起便是熊熊燃烧永不磨灭的生命之火，是永不枯竭富有生机的力量之泉！薪火归一处，月涌大江流，时间流逝卷不尽万代沉浮，沧海桑田磨不灭上大风光。

# 风雪虽大　到底是人间

浦慧怡

在施蛰存的眼中，这是一位“傲气”的女学生，她的“傲”，不在于盲目自大的立场作风，也不在于傲慢无礼的处世态度，而是她如同冰山美人般的沉稳理智。

优异的成绩并不足以描述她的优秀，当五四运动爆发，她一腔热血投身于游行的队伍中。“随着高班的大同学，一同冲出校门，上街游行，大声疾呼，要唤醒民众，反对封建主义、帝国主义。”傲气的灵魂更是不甘于从前的老旧思想，阅读的文学作品不只有优美华丽的辞藻，还会涉猎那些有思想高度的、带有政治色彩的文章书籍，比如《新青年》《新潮》等传播新思想的进步刊物，处处体现着她的智慧以及独立大胆的品质与个性。

她那颗热爱文学的心，在上海大学感受到了无比的关怀与温暖。她乐于听离奇而美丽的故事，产生无数美好的幻想。她也热衷于学习“反帝”“反封建”“民族独立”“青年求学”等思想问题，紧跟新时代的脚步，不甘落后。

铸就那“傲气”灵魂的，也不只是她自身的追求与想法，当时瞿秋白先生也为这美好的灵魂添上了一把炽热的火种。诗一般激励的话语注入了她的内心：“你么，按你喜欢的去学，去干，飞吧，飞得越高越好，越远越好，你是一个需要展翅高飞的鸟儿。”

她的小说《莎菲女士的日记》，可称为日记体小说的代表，书中对第一人称的灵活运用，不但深刻地剖析了人物的内心独白，并且充分而真实地展现近代知识女性的赤诚热情与真实苦楚。

《莎菲女士的日记》中通过莎菲这一女性视角，试图彻底颠覆男权至上的封建旧习，代替千千万万女性同胞发泄出一种追求权力与平等的快感。曲慧芳在《从男权偶像的崩塌看女性意识的崛起——讨论丁玲、萧红、张爱玲笔下男性形象塑造》中写道："这不仅标志着中国女性性爱意识的觉醒，也确立了女性作为观察主体和欲望主体的地位，更意味着女性作家已经掌握了话语权，并开始对男性形象的塑造参与意见，从而使文学作品对男性形象的塑造不再为男性霸权话语所垄断。"

她的思想遍布中国，也蜚声海外，她奔走于祖国的大江南北，为新思想、新文化擂鼓助威；她奔波于世界的五洲四海，推动中国与国际间的友好往来。她幼年时看遍了人情冷暖，目睹了旧中国人民不幸的遭遇、不公的待遇。而五四运动的浪潮，新思想的狂潮，把她推向了更高的境界。她奔赴延安，投身于红色而热烈的革命，迸发出无限的灵感，不断有优秀作品涌现，使革命文坛充满活力与热血。

这"傲气"灵魂的主人，便是上海大学校友——丁玲，曾被誉为"昨日文小姐，今日武将军"。施蛰存曾写过有关她的一文《丁玲的"傲气"》。这位女子的傲然风骨，与当时普通女子安于现状、相夫教子的生活相差甚远。她有着独立的思想，不依附于任何人；她呼吁女性同胞站起来，将权利掌握在自己手中。

然而她脚下的人生之路却是不平坦的，但也正因为如此才铸就了不平凡的她。在北大荒的那段艰苦岁月，她受到的不公待遇留给她巨大的心灵创伤，使得她被迫放弃写作。

75岁时她重返文坛，并不是要去抱怨那段受压迫的时光，而是像初出茅庐的二十多岁的青年作家一样写出清新秀丽的作品《杜晚香》。她来不及抱怨，来不及烦恼，只想把自己的情感、自己的想法表达出来，传播出去，以感染更多的中国人。

她是现代著名作家，是推动新思想传播、倡导男女平等的中坚力量。她在上海大学收获的知识、自信和勇气，都是她成就中不可或缺的元素。

晚年的丁玲重访北大荒，回忆当时那段艰苦的岁月，同时也感恩善良淳朴的北大荒人。

她说道:“风雪虽大,到底是人间。”

的确,人生总是起落不定,有梦想的破碎,有对未来的迷惘,也有失意时的无助。然而,我们上海大学的青年一代,需要保持乐观的心态,需要带有自信的笑容,更需要拥有面对未来的憧憬与勇气。

即使在风雪交加的冬夜,也为我们自己支起一盏明亮的油灯吧,照亮我们遇到的苦楚,温暖我们受寒的心。

# “红河”蜿蜒于上大

陈培榕

翻开《他们从上海大学（1922—1927）走进新中国》，就像走进了那波澜壮阔的历史画卷，走进了那座风雨如晦年代中的红色学府，来到了上大蜿蜒的“红河”的源头。在详读这本书前，“文有上大，武有黄埔”的美誉我已耳熟能详，但却不知其背后的艰苦卓绝、腥风血雨，不知先烈们的屡仆屡起、不屈不挠。我们这一代人是在中国共产党领导下的美丽富强的新中国中成长的，未曾亲历前辈口中的艰苦年代，浅尝辄止，难出真知。而这本书，带我走进了英雄的殿堂，深切地感悟到上大流传已久的红色基因。

“英雄各有见，何必问出处。”在中国的各个角落，那些怀揣着一腔热血的星星之火于冥冥中汇聚于上海大学，成就了一座屹立于历史长河的红色学府。不同家乡、不同方言的人们齐聚于此，为中华之崛起而读书，为民族之复兴而办学，也在这段光辉岁月中淬炼出上大的办学精神与传统，时至今日依然值得被继承与发扬。故英雄不问出处，但萃于一隅湫隘校舍，齐复兴之心，凝变革之力。

“入夜分明见，无风波浪狂。”是时，中国社会仍处于黑暗中，但英雄的点点星火在压迫下散发出更耀眼的光亮，“红河”波涛撞至礁石处更显狂。“一师风潮”迫使陈望道走下讲坛，他却借这场新旧思想激烈冲突斗争的磨炼，促成了《共产党宣言》的翻译，完成从知识分子到革命者的过渡；大革命失败后的李逸民不幸被捕，在狱中受到严刑拷打、威逼利诱，但牢狱之灾更加坚定了他为革命理想而坚持不懈斗争的决心，展现了共产党员崇高的革命气节；四一二反革命政变使得董每戡遭到当局通缉，只得化名四处躲避，远离祖国东渡日本攻读文学与戏剧，但也正因这段经历才有了《C夫人的肖像》的横空出世，在中国革命的话剧史上留下浓墨重彩的一笔……挫折不能将他们打倒，只会使他们更强大，使革命的气象如初升的太阳，光芒洒遍各行各业、各个领域。这样的新气象下有着当年还被称为“弄堂大学”的上大的身影，只因这些英雄们都曾在上海大学工作过、学习过、战斗过，是他们陪伴着那个办学经费拮据、校舍破旧的上海大学，而上海大学也为他们提供了理想抱负的驰骋之地，提供了风雨来临时的避风之港。

万千江河终汇入海。他们在走出上海大学校门以后，在党的领导下，怀揣着复兴中华的共同梦想，以信念为双翼，以实践为四驱，从不同的战线、不同的道路，最终千流归大海，奔向那个他们为之憧憬、为之奋斗的新中国，开启了一个崭新的时代。

“自当随诸先觉之后，而为革命奋斗也。”如今，这条蜿蜒的“红河”已经承载着前辈的意志，辗转来到了我们这一代人的面前，我们自当扛过肩上担，不负韶华，不负上大，不负华夏。纵然当前时代不必抛头颅洒热血，但英雄从不会为时代所限，钱伟长老校长曾言：“国家的需要就是我的专业。”这又何尝不失为一种英雄主义？在如今的和平年代，正需要有人挺身而出，为中华之崛起而学，少些个人利益的计较，多些为中华谋复兴的胸怀。在上大，不会有“精致的利己主义者”的泛滥，因为在这座红色学府中始终流淌着一条蜿蜒的“红河”，其中有革命先烈留下的血与汗，更蕴含着“上海大学精神”，使其宛若一座洪炉，“只要你稍稍碰着过它，它就会炙着你的皮肤——不，炙着你的头脑，使你永远地烙着一个严肃而深刻的印子，永生不能磨灭它”。孔另境这样的洪炉比喻，不仅仅是指上大是座知识学习的洪炉，更是指上大是座思想锻造的洪炉。故在上大，难生那些一般高等学府中的“精致的利己主义者”。

少年啊，数风流人物，还看今朝。盼着所有上大人接受“红河”的感召，传承先辈的使命与意志，拼搏于上大这座红色学府，绽放在当今这个最好的时代。“少年强则国强，少年独立则国独立，少年自由则国自由，少年进步则国进步。”愿上大学子乃至中国青年都“摆脱冷气，只是向上走，不必听自暴自弃者流的话。能做事的做事，能发声的发声。有一分热，发一分光。就令萤火一般，也可以在黑暗中发一点光，不必等候炬火”。

他们，从上海大学走进新中国，我们，将从上海大学走进新时代的中国，让“红河”继续蜿蜒在这座红色学府……

# 百年党旗红　传承上大风

陈榆菲

“江湖终古流苍茫，哪怕乌云掩太阳。和劲东风吹百草，春深大地遍红装。”当党的百年巍巍巨轮从历史的重重雾霭中缓缓驶来时，无论乌云盖顶还是风吹雨打，上海大学这座红色学府都坚定地屹立在一方，以它特有的方式记录着百年征程与百年风华，推动着祖国开启下一个崭新的篇章。

红色学府，百年传承。1921年，中国共产党在上海成立，这深刻地改变了近代以后中华民族发展的方向与进程，深刻地改变了中国人民与中华民族的前途与命运，深刻地改变了世界发展的趋势与格局。1922年10月，由中国共产党和国民党左派共同创办的高等学府——上海大学诞生。在风雨如晦的时代，学校秉承“养成建国人才，促进文化事业”的宗旨，培养了大批进步青年和社会精英，为新生的中国共产党输送了思想坚定、不怕牺牲的新鲜血液，在当时就有“文有上大，武有黄埔”的美称。

“合抱之木，生于毫末；九层之台，起于累土。”2021年，是中国共产党成立100周年；而后一年，是上海大学建校100周年。百年风雨兼程，道不尽的坎坷沧桑；百年风云巨变，数不尽的伟业辉煌。百年中，上海大学始终秉持着红色基因，紧跟着党的步伐，为党源源不断地输送人才，为中华民族伟大复兴贡献了力量。

在中国共产党的领导下，无数上海大学的老党员、老革命、老前辈怀揣着同样的梦想携手走进新中国，为党为人民作出贡献。

## 秋之白华：赠我生命的伴侣

1923年，瞿秋白发表了《现代中国所当有的“上海大学”》一文。在文中，瞿秋白提出，“切实社会科学的研究及形成新文艺的系统——这两件事便是当有的‘上海大学’之职任，亦就是‘上海大学’所以当有的理由”，并为学校的未来规划好了蓝图。他的妻子杨之华，在上海大学求学期间，以炽热的革命热情积极参与上海大学学生工作、革命工作；作为中国妇女运动的杰出领导人，她推动了中国妇女事业的发展。他们在结为伉俪后休戚与共、并肩作战，共同为中国革命事业作出巨大的贡献。瞿秋白在被捕时从容不迫、英勇就义，其展现的革命乐观精神与不畏强暴、为党英勇献身的英雄主义精神值得每一位上大学子、每一位中华儿女学习与铭记。

上海大学为瞿秋白、杨之华提供了革命活动舞台，他们以坚贞不渝的革命浪漫爱情为上海大学注入了革命活力。“秋之白华，赠我生命的伴侣”的革命激情，是独属于他们的浪漫情调。

## 青云发轫：不存此心，不得名为中国人

1923年，俞平伯来到上海大学任教，他对于教书一事认真严谨，在上课时往往全神贯注；在抗日战争期间，她激励全国青年“不存此心，不得名为中国人”，渴望唤醒全国上下的爱国救亡意识，这也极大地鼓舞了当时已具有高度思想觉悟的上大学子积极投身于抗日救亡运动中。对于1983年重新建立的上海大学，俞平伯欣然题下“青云发轫”四个大字，希望上海大学能记住它的前身是从“青云里”走出来的红色学府，也要在新的起跑点上如新发于硎，为建设祖国而努力奋斗。

上大学生施蛰存与丁玲怀着对老师俞平伯的敬仰之情，在文艺创作方面融入了自己诚挚的爱国爱党之情，以激发更多有志的青年们报效祖国，创造崭新的新篇章。

## 热血青年：留取一片丹心照汗青

作为提出“毛泽东思想”这一科学理论概念的进步青年，王稼祥选择来到

上海大学这座“革命之大本营”继续提高思想觉悟、增进革命本领。作为一名普通人，他在1919年五四运动爆发后觉醒了民族意识，极为关注国家大事；他在1925年孙中山先生逝世时号召“最有希望的、号称社会之花”的青年们将革命进行到底；他在1935年遵义会议上坚定站在毛泽东同志这边；他于1943年指出，中华民族解放整个过程中的正确道路就是“毛泽东思想”。

他一生忠于革命、捍卫革命，将一片丹心献给党和人民，也在艰难的革命道路上指引着一辈又一辈的青年向着光走。

学史明理，学史力行。回首过去，那些从上海大学走进新中国的老党员、老革命、老前辈们永远是我们的榜样，他们的光荣事迹值得我们永远铭记，他们的革命精神值得我们永远赓续；展望未来，作为新时代上大学子，我们因上海大学而荣耀，也会努力成为上海大学未来的荣耀。

正如习近平总书记对中国青年的寄语：“当今中国最鲜明的时代主题，就是实现‘两个一百年’奋斗目标、实现中华民族伟大复兴的中国梦。当代青年要树立与这个时代主题同心同向的理想信念，勇于担当这个时代赋予的历史责任，励志勤学、刻苦磨炼，在激情奋斗中绽放青春光芒、健康成长进步。”我们既是追梦人，也是圆梦人。在实现中华民族伟大复兴的中国梦的道路上，吾辈应当将小我融入祖国之大我，让青春与祖国同行，以青春之我、奋斗之我为民族复兴铺路架桥、为祖国建设添砖加瓦，让上海大学以我们为荣、为我们骄傲！

# 第二章

# 在现实中奋斗

# 囹圄不困青年心

李　琳

征途漫漫，无处不见囹圄，无处不见青年心。

捧读《他们从上海大学（1922—1927）走进新中国》：在以四间民房连接成的教室里，数百颗活跃的心灵期待着启迪，革命的火星在这里跳动，不禁热血沸腾起来，那便是五卅运动前后的上海大学。

“打倒日本帝国主义，停止内战，一致对外”的口号在上海上空回荡，大雨倾盆压不住上海大学学生的疾呼，大雨滂沱浇不灭上海大学学生的热情。

帝国主义的剥削使百姓苦不堪言：工人们长达十二个小时的工作时间换来的只有壹角伍分的工钱；孩子们没有充满欢声笑语的游乐园，没有书声琅琅的学堂，只有暗无天日的纺织工厂，只有帝国主义面庞的日籍管理员挥舞着棍棒无情地打在他们弱小的身躯上。帝国主义将整个国家困于囹圄，囚禁了所有百姓的幸福生活，禁锢了所有孩子的快乐时光，它试图将中国捏于手中，把玩于股掌之间，但上海大学的学生说“不！”

戴邦定指出：“五卅——是帝国主义联合起来屠杀求民族解放的中国民众之日，也就是中国的被压迫阶级起来向压迫阶级的帝国主义发难之日。”五卅运动无疑是对帝国主义的巨大冲击。“镰斧枪同盟，准与暴敌拼”，上海两千余工人和学生分多队出发前往公共租界进行宣传和示威，党伯弧、孔另境、李逸民、施存统、梅电龙等上海大学学生及老师也在其中，他们面容凝重但神色坚毅，我想他们明白此行是以身犯险，但他们甘愿做刺破乌云的长矛，向残暴的帝国主义发起挑战。“水龙射不止，幸免非壮士。问罪捕房前，翻将血债添”，一百多名学生被捕，近万人聚集在巡捕房门口，帝国主义的枪声响起，一时横尸遍野，惨烈万分。

上海大学的学生和老师并不会惧怕这声声枪响。沈雁冰作为老师在目睹惨案后没有畏缩后退，和夫人又冒着危险上街游行。在上海大学成立中国孤星社的安剑平与秦邦宪促膝谈心，秦邦宪回顾此事说：“青年热血的大侠魂精神，不图于此残风苦雨之夜，湫隘昏暗之室中见之。”高尔柏在上海大学学生会出版的《上大五卅特刊》中连续发文高呼：“学生是有血气的分子，对于最近帝国主义者这样重重的压迫，卖国政府这样助纣为虐的作恶，心里如何不愤慨，热血怎能不奔涌……”《公理日报》的编辑顾均正、《热血日报》的编辑何味辛，揭露帝国主义制造的五卅惨案真相，抗议帝国主义的暴行，积极声援上海工商学各界的反帝斗争。钟复光在各地演讲说明五卅惨案真相，以至于激动过度，痰中带血……

青年之行又岂止于五卅，何处有囹圄，何处就有青年击而破之。回看五四运动，“提倡国货，抵制日货”的宣传活动可见戴邦定的身影；冲出校园，上街游行，大声疾呼要唤醒民众，反对封建主义、帝国主义的人群中夹着一位“叛逆”的上海大学女学生，她是丁玲；王一知查烧日货，和十几个女学生一起剪去长发以明志；李季直接阅读英文原著接触社会主义思潮，他翻译的《社会主义史》使新思潮震荡全国，让帝国主义惊恐万状。上大青年是无处不在的“炸弹”，有人说：“上大办得好，是制造炸弹的！”这一个个“炸弹”不愿缄默，与帝国主义硬碰硬，以思想为武器，誓要击退乌烟瘴气，唤醒人民群众。

上海大学似青年成长的温床，少年伟大的梦想在这里得到哺育。上大学生戴邦定小说中“琴儿不死，我也有媳妇了”的苦语始终让读者难以忘怀那江南农村底层人民的苦楚；董每戡从上海大学毕业后，坚持“艺术决不能离开社会，它应该是普遍的社会生活的反映”，以艺术为武器，在中国革命的话剧史上留下浓墨重彩的一笔；青风文学会让一群热爱文学的青年似凤鸟一样燃烧，得到美丽与永生，施蛰存在此期间在多本杂志上发表文章，使文学梦发光。

更甚，孔另境形容上大为洪炉，只要稍微碰着过它，它就会炙着你的头脑，永远地烙着一个严肃和深刻的印子；薛尚实说，上大是他一生接受革命锻炼的起点；进上大学习的当年就坚定地加入中国共产党的黄玠然明确表示他的阶级观念和阶级斗争的观点是在上大确立的；李平心在上大开始接触马克思主义理论和系统的社会科学知识，造就了他的马克思主义历史学观念；罗尔纲在上大社会学系接受了马克思列宁主义的启蒙教育，从希望做作家改为想做历史学家，一辈子做学问；还有从“半懂不懂”到“对马克思列宁主义理论的认识和掌握非昔日可比”的阳翰笙。在上海大学这样充满革命热情的学府，马克思列宁主义成为新时尚，《向导》《中国青年》等革命刊物使多少青年被点燃，从而无怨无悔地投入到革命事业中，他们崇高的理想信念令人钦佩。

即使以囹圄困住身躯，也无法困住共产主义的心。丁玲两次遭受极“左”路线的残酷迫害，又被关进监狱五年，晚年仍不顾体弱多病，写出百万字的作品，培养青年作家，一辈子埋头苦干、鞠躬尽瘁；李逸民身上十五斤重的铁镣也拉不垮他坚定共产主义之心，国民党的威逼利诱、严刑拷打，摧毁不了他的革命乐观主义精神，十年苦狱，初心未改；文化大革命中，何成湘、李平心、林淡秋、薛尚实等人虽受不公正的待遇和冲击，但他们并未动摇，严守党的纪律和秘密，坚定对党的信念和对共产主义理想的追求，互相砥砺，不屈不挠……

如今的上大站在“两个一百年”奋斗目标的历史交汇点，与祖国共度百年盛世。百年前，五四运动是青年们首先站起来掀起的历史洪潮；百年前，五卅运动传递着革命先辈的勇敢无畏；百年后，历史的接力棒已传到我们手中，革命的星火当永垂不朽，上海大学的弦歌当永唱不断。习近平总书记指出：“青年兴则国家兴，青年强则国家强，青年一代有理想、有本领、有担当，国家就有前途，民族就有希望。”我们这一代青年要不忘革命先辈的牺牲奉献，珍惜如今来之不易的和平幸福，我们脚下埋葬着曾经鲜活的生命，我们的美好生活来自他们的勇敢牺牲。因此，我们须以深厚的爱国情怀为根基，开拓时代潮头，勇担时代使命。

中国特色社会主义已进入新时代，我们青年的时代舞台更加广阔，实现梦想的前景更为明亮。在中国特色社会主义道路上，我们都是“筑梦人”“追梦人”，不被困难吓退，勇于创造时代潮头，以青春之朝气融入社会主义建设的事业中，将个人的理想追求融入党和国家的事业中，跟随党的步伐，坚决拥护党的领导，全心全意为人民服务，为实现中华民族伟大复兴而奋斗，为推动构建人类命运共同体而努力。习近平总书记在庆祝中国共产党成立100周年大会上明确指出：“未来属于青年，希望寄予青年。一百年前，一群新青年高举马克思主义思想火炬，在风雨如晦的中国苦苦探寻民族复兴的前途。一百年来，在中国共产党的旗帜下，一代代中国青年把青春奋斗融入党和人民事业，成为实现中华民族伟大复兴的先锋力量。新时代的中国青年要以实现中华民族伟大复兴为己任,增强做中国人的志气、骨气、底气,不负时代,不负韶华,不负党和人民的殷切期望!”青年作为国家的未来、民族的希望,在整个社会群体中是最具生气的力量,我们应努力学习习近平新时代中国特色社会主义思想,成长为全面发展的人才,为祖国的现代化建设添砖加瓦,在“两个一百年”的历史交汇点为推动历史巨轮,为人民谋幸福,实现中华民族伟大复兴努力奋斗。

征途漫漫,少年当冲破囹圄,破茧成蝶。

# 薪火相传　奋飞不辍

张贝佳

“北有五四时期之北大，南有五卅时期之上大”，这句话常常在我的耳畔响起。被上海大学录取后，我读了这本《他们从上海大学（1922—1927）走进新中国》，才真正得以深入了解上大这所红色学府的百年历史。合上书本，那些令人心潮澎湃的红色故事与红色记忆依然不断在我的脑海中浮现。那些从上海大学走出并为新中国作出许许多多重要贡献的先辈，也使我生出说不完的敬佩之情。

《诗经·小雅》有云：“鹤鸣于九皋，声闻于野。”在危机中建立的上海大学，最初可能只是一所不起眼的“弄堂大学”。但在五年里，诸多革命志士走进上海大学，他们在上海大学任教，将马克思列宁主义传播给当时求学的青年，也带领他们找到了人生的目标与方向；也有许多革命青年从上海大学启程，开启自己为国奉献的人生旅程。他们有的创新教学理念，为新中国人才的培养打下坚实的基础；有的用文学参与革命，以笔墨唤醒国人，引领觉醒思潮；有的投身于各项学生运动、工人运动、妇女运动中，用铮铮傲骨向世界宣告中国人民的觉醒……他们扎实地在上大校园中踏下每一步，又将脚步迈向更为光明的新中国。即使路途坎坷，他们也从未放弃，不断投身爱国事业，将全部身心奉献给祖国。最早走进上大校园的先辈用自己的光温暖他人，照亮一个又一个上大人前行的路。这些含着满腔热血、心怀家国的人们影响着一代又一代的上大人。代代上大人在这片光芒下，满怀信仰地前行，传递着属于上大人的薪火。正如百折不挠的孔另境亲身经历过上海大学的变故后所说,“它的精神是永久不会消灭的”。

如今,我和许许多多青年一同踏入上大校园,我深知我作为青年所应肩负的责任与使命。习近平总书记强调:“新时代的中国青年要以实现中华民族伟大复兴为己任,增强做中国人的志气、骨气、底气,不负时代,不负韶华,不负党和人民的殷切期望。”身为当代青年,我们应当将为人民战斗、为祖国献身、为幸福生活奋斗作为我们的青春主旋律。走在校园里,上大革命先辈艰苦奋斗的画面在脑海中渐渐变得清晰,那些我无缘亲眼所见的记忆片段渐渐与眼前的现实画面重叠。不同的是,如今我们在校园里的生活更加安定、平静与幸福。夕阳下同学们忙碌的身影,也是和平年代青年对于知识的追求,是想要掌握自己命运的期盼,也是为报效祖国的努力。这些都得益于无数为革命事业鞠躬尽瘁的先辈们,没有他们艰苦卓绝的奋斗,就没有今天的康庄大道。因此,作为当代青年的我们,更应该延续上大的红色基因,为新中国的发展作出贡献,以自己的所学所得报效祖国。

“未来属于青年,希望寄予青年。”相信新一辈的上大人正蓄势待发,抬头看着天空中那明媚的朝阳,怀着对未来无限的憧憬与期待,向着无数上大人心中的那束光亮、那份信仰齐头并进。相信由许许多多上大先辈、代代上大人谱写的华章将在新一代上大人的手中继续奏响。或许知道了方向,也坚定了信念,懵懂的青年还依然对如何去做感到有些迷茫。这没关系,因为作为青年,我们拥有更多的时间,拥有更多的试错机会。我们应该更加全面地去认识世界、感受世界,只要我们不忘初心,“先天下之忧而忧,后天下之乐而乐”,总有一天世界将会在你我的手中,拥有更加美好的未来。就像瞿秋白先生对丁玲说的那样:“按你喜欢的去学,去干,飞吧,飞得越高越好,越远越好。”每一位上大人都要相信自己可以成为能够“展翅高飞的鸟儿”。

上大的青年啊,展翅翱翔吧!在这生机勃勃的校园中不断充实自己,将属于上大人的信念铭记在心,继续传递上大的这份薪火。愿每位上大人都能有一分热,发一分光,为这个已被照亮的天空增添更多鲜亮的色彩。

我相信,属于上大的薪火定会世代相传,奋飞不辍。

# 以金色音符　谱红色乐章

沈佳雯

你们转身，匆匆走进风雨，不回头，径直向硝烟深处奔去，仅留于风中摇曳一抹红。

翻开《他们从上海大学（1922—1927）走进新中国》，68位走进新中国并继续为人民建立新功业的老党员、老革命、老前辈，你们从我身边行过，口中轻轻诉说着共同怀揣的梦想，缓缓走进了你们为之憧憬的、为之奋斗的新中国。在与我们交错的时空里，一齐朝向一个相同的终点。

曾想，微风拂过你们的脸颊；曾想，晚霞映入你们清澈的眼中；曾想，你们目光中流露出的是对未来的无限向往与期待；曾想，我能与你们步入同一座红色学府……现在如愿，我与你们，或许能够在这交错的时空中，体验这相同又不同的一切。

我在校园内漫无目的地走着，一簇“荷花”在我的眼前闪烁着。我走近一看，竟是一座荷花雕像，我又抬头，“上海美术学院”，我步入学院，一位老先生模样的人出现在我面前，我想上前询问他的名字，他只是对我笑了笑。我想我应该是认识他的，丰子恺先生。先生在上海大学任教期间，适逢五卅运动的爆发，为响应这场反帝反封建的爱国运动，他为革命刊物《中国青年》两次创作封面，而《中国青年》自1923年创刊以来，封面从来不用图画，唯独采用丰子恺的两幅画，且第二幅使用了半年之久，无疑，这是丰子恺先生爱国之心的充分体现，而这也从侧面体现了上海大学这座红色学府、上大师生的爱国理念。

走出学院，我继续向前，泮池边站着一位老者正望着远方，不知是在看那干净的天空抑或在想些什么。我没有上前打扰，老者就一个人安安静静地注视着那里。他是茅盾先生。1922年10月23日，上海大学成立，茅盾先生与邓中夏先生一起来到上海大学任教。他对同学们提出“人生艺术底趋势亦有二：其一即托尔斯泰之无抵抗主义，其一即罗曼罗兰之大勇主义。吾以为在事实上和时势上看，无抵抗主义的理想，未免太高。而罗曼罗兰之大勇主义，主张由糟的一方面前进，有时似乎又不免令人失望，所以目下所急迫，还是俄罗斯阿尔志拔绥夫所提倡的对于社会痛恨而努力从事革命的一法。”这是他所提倡的艺术观和对学生日后在艺术上追求的期待。

共有68位先生们、前辈们，他们从上海大学走进了新中国，他们中或有“中国孤星社”的发起人与领导者，于五卅惨案后，呼“青年热血的大侠魂精神，不图于此残风苦雨之夜，湫隘昏暗之室中见之”；或有中国话剧的开拓者，戏曲改革运动的先驱和中国早期革命音乐、电影的组织者与领导人，以话剧揭露黑暗，传播爱国精神；或有中国妇女运动的杰出领导人，有着炽热的革命热情和非凡的工作能力，为工人上课，传授知识，启发工人觉悟；或有沿长江到各地说明五卅惨案真相的女学生，被问为何来上海大学念书，回答“为什么穷人总受气，社会不公平，男女不平等，我要改造社会”，且积极投身妇女解放运动……他们秉承着坚定的信念和爱国热情，为中国寻找富强的道路，不懈追寻真理。

百年后，我也迈入了这座校园，这跨世纪的相遇，是否暗示着什么？我与他们是否有着相似之处？我不确定。

但我确定的是，我身处的这座上海大学，是由他们组成、创建的学府。我曾是万千人中的普通一员，而现在或许并不那么普通了，因为他们。我应当要有凌云壮志，我也应该有谦和而波澜不惊，他们予我清风明月和无限可能，我当以青春少年生命中的热情报之，且携同样的无限可能。此时，我追寻他们的脚步，不只前进，也要伸手去紧紧握住他们留下的光影，编织出金色的音符，谱写出属于我的红色乐章，奏响于校园的每个角落。

我依旧漫步在校园中，先前所见，仅仅是幻想罢了，但先生们所留下的历史、精神，依旧萦绕在这片红色校园中。

我驻足，望向天边，一片火红，身边同学们匆匆走过，金色的、红色的光，洒在我们的身上，光辉耀眼。

我们仰望着你们仰望过的天空，穿过百年的时空，我们会再次相逢，你们转过身之前的那个笑容，在我们眼中；你们留于风中摇曳的那抹红，在我们心中。

我们创造的金色音符终与他们那时的音符交融，重新构筑一曲红色乐章。

我们，是青年，是上大之青年，是中国之青年，我们应不负前辈为我们带来的无限可能，怀揣着鸿鹄之志，以不卑不亢的精神、不屈不挠的毅力，辅以大学学识，来一起创造属于我们、属于上大、属于中国的美好未来。

# 革命精神以心存　红色基因永传承

谈蒋叶

翻开《他们从上海大学(1922—1927)走进新中国》的扉页，书声呢喃，无数英雄的革命事迹竞连成画卷浮于眼前，任百年上大历史波澜壮阔涌向心间，久不能平静。抬头仰望这座红色基因筑成的学府，借着泮池边几许阑珊的灯光，踏着历史轨迹回首，原来你一直在这里。

薄雾清风碎石路，寻根溯源知何处。青石板上，浮雕墙旁，缓缓现出一个人影，是陈望道先生吗？您是上海大学任职时间最长、工作最稳定的校领导，您工作认真，经验丰富，视野开阔，深孚众望。无论是面对众多教师学生因国民党通缉而被捕，或是与景贤女校联合在闸北青云路广场召开欢迎北伐军大会，您都以一名具有革命精神的“战士”身份，身先士卒，做师生的防护盾，做上大的号召人。您从一个具有新思想的知识分子，变成了一个具有共产主义理想和信念的革命者，您带领上大师生将红色基因发扬壮大，您教导学子如何“实业救国”“科学救国”。先生，您是否给自己留了时间？是否惧怕过在这场坚持真理的“战役”中失去生命？您的身影永远印刻在溯园的浮雕墙上，不会消失；您的信念长存于上大学子心间，永不湮灭。

“清凉一夏亭，翼然山益间。”透过树影，星星碎碎的月光婆娑而下，汇出赵君陶老师的身影，浅笑吟吟：“如果干革命的都死了，哪里有今天革命的胜利。”世上最痛苦之事莫过于眼睁睁看着自己的亲人离去，可是您在经历了丈夫和姊妹的离世后并未被悲痛击垮，您将对亲人的思念化作消灭敌人的革命决心，为丈夫报仇，为姊妹平反，您的能力得到了组织的认可，但您却放弃担任政府重要职务的机会，毅然留在上大从事您所热爱的教育事业，好一位淡泊名利、高风亮节的女子！您的思想如落在您身上的月光一般皎洁而美好，您的品性如这小径尽头的夏亭一般淡雅而高洁，抬头望月，赵老师一直在。

雪香云蔚，梅子红时，她在丛中笑。王一知学姐，您是上海大学最早加入中国共产党的学生之一。步入大学的学子，心中想的无外乎是取得好的成绩，学到高等知识，而您在努力认真完成学业之余，更有一份关心时事、要求进步、热心社会活动的情怀。毕业后，不论是担任中共地下交通员，抑或致力于党的教育事业，您都将党和国家放在首位。梅花染红了整个园林，而您心中对党和国家的热爱更是为这座红色学府增光添彩。

风雨如晦，见安剑平为“吾党之主张，而尽言论之职责”，领导创办上大“中国孤星社”，将党的思想发扬光大；见外表娇小柔弱的丁玲借一颗强大的心深入前线，以文字形式积极反映中国共产党领导的人民斗争生活；见雷晓晖宣传“男女平等”“实业救国”的思想，参加“上海大学募捐团”，支持“希望工程”。见无数英雄用自己的鲜血和熊熊的爱国精神染成红色基因，见上海大学在百年间不断蜕变与发展，见眼前这座屹立于繁华地段的红色学府气势磅礴，沧海横流方显英雄本色。

光阴流转，岁月更迭，英雄的伟绩随着革命的胜利埋于书页间，英雄的牺牲随着新中国的成立化作我们脚下坚硬的基石，但先辈心中常怀党和国家，屡仆屡起、不屈不挠的热血精神将永驻我们心间，任风刀霜剑、波诡云谲，任白云苍狗、桑田碧海。

昨日之少年，今日之栋梁，一代又一代上大人鞠躬尽瘁，枵腹从公。而今，历史的接力棒传到我们手中，纵使我们不必冒着枪林弹雨抵御强敌，也该怀一腔热血，身体力行守护我们的祖国母亲；纵使我们不再面临各种通缉追捕的威胁，也要常怀“苟利国家生死以，岂因祸福避趋之”的信念；纵使我们生活的时代万象更新、政通人和，我们也该拥有“独立之精神，自由之思想”，为新时代不断创造新成就。

“鹤鸣于九皋，声闻于野。”这所发轫于闸北弄堂、迁播于租界僻巷的红色学府声誉日隆，吸引四方热血青年奔赴求学。上大的学子啊，请记住百年来无私奉献的英雄们，请燃起你们心中的烈火与热情，请不啻微芒，造炬成阳，与同伴携手共创美好校园；请初心如磐，奋楫笃行，一生忠诚于党和国家。

人生须臾，不过天地蜉蝣，沧海一粟，唯热血少年的红色精神与天地同寿，与日月同辉。

风拂泮波欲止，红色传承不歇。少年们，就此踏着星光出发吧，成为世代相传之炬火的接班人，为祖国繁荣昌盛注入新鲜血液，以一颗忠党爱国之心，传承红色基因，宣扬革命精神，同筑华夏未来，共创明日辉煌！

# 创业垂统先贤志　踵事增华吾辈责

陈妍羽

1922年10月23日，一座“貌不惊人”的红色学府——上海大学在风雨飘摇的时代里悄然成立，为一群有志于学、矢志为国的青年才俊建造了一苇于汹涌波涛中航行的赤色之舟。自此，上大师生梯山航海，于乱世垒一座灯塔，为后来人扫清迷茫，指明前路。

我们都明了这群人的伟大，却还是低估了他们的伟大。

他们中有人是泱泱书海中的泛舟者，是以笔为刀的战士。

中国现代诗派的代表人物戴望舒，这位文笔忧郁朦胧的诗人，并未躲入文学创作的象牙塔中。相反，他本人并不似他的文笔般朦胧且难以捉摸，他坚定且积极地投身到火热的革命斗争中。沈雁冰，以笔名茅盾为人们所熟知，这位“开国部长”曾在上海大学教书育人，凭借博古通今的学识培养出了一批批优秀的革命战士，并坚定地投身革命斗争，一生辗转也从未影响他以笔为刀的斗争决心。一批批如他们般热血赤诚的好儿郎，捧出一颗颗全然纯粹的赤子之心，献与党和国家，为乱世中的浮躁众人播撒一片文学的甘霖。

他们中有人是铁血柔情的巾帼女将，是挥洒血与泪的铿锵玫瑰。

杨之华，这位中国妇女运动的杰出领导人一生坎坷，她敢于追求自己的爱情，也坚定守候心底最深沉纯洁的爱情和革命志向，不仅在党组织的领导下开展革命工作，更是在向警予带领下从事妇女运动，即使几度被扣押，仍坚守初心、坚持斗争。

钟复光，一位沿长江到各地说明五卅惨案真相的上海大学女学生，积极投身妇女解放运动。正义如她，看到同学被捕后，她和大家一起前去要求释放被捕的学生、工人和市民。出色如她，在迎击夏斗寅叛军的过程中，她带领女生队直接参加了这场平叛战斗。

一群群如她们一般坚强进步的女性，在乱世的刀光剑影中不见怯色，挺身而出，为国家增添一股看似柔弱实则强韧的力量。

他们中有人是漫漫长夜里的守塔人，是延续火种的点点星火；他们中有人是扬起红帆的奠基者，是泛着凛冽寒光的长枪之刃；他们中有人是乱世中的孤星，是吞噬黑暗的熊熊炬火。他们在最黑暗的时代笃信一个最光明的梦，在最残破的土地铸造最坚固的信念之墙，他们并没有生在黎明前，而曙光却因他们最终照耀在了这片土地上。

2022年，海不扬波，天下太平，是否还有此般青年仅凭一身热忱，就可埋头苦干追逐梦想？更多的时候，举目四望，青年手里握的不是笔，取而代之的是手机；青年心里装的不是国家大事，取而代之的是虚浮无意义的明星爱豆。该怎么做，才能重燃热血，激起本属于青年的活力与肆意，以及拳拳爱国之心？

应当读一首诗，那首诗是被裹挟于那个风雨如晦年代的人，一心一意用青春和热血写就的；应当听一首歌，那首歌是于乱世浮沉喘息的人，一字一句以最激烈最高亢的歌喉吟唱的；应当赏一幅画，那幅画是去国离乡只为学成救国的人，一笔一画用最遒劲最坚韧的线条绘制的。

前辈先贤用青春和生命创业垂统。有人说中国能够存活到如今是一个小概率事件，可是在这一场偶然中是能够看见必然的。正因为我们有战无不胜的指导思想和无数前仆后继的先烈，所以每次历史的浪潮汹涌袭来时，我们都能够站稳脚跟。新中国仅仅发展了70多年，在漫漫历史长河中不过弹指一挥间，就由一个贫穷落后的国家成长壮大为一个在世界舞台举足轻重的泱泱大国。人民决定了历史的走向，而这些人，这些头顶着天脚踏着地的英雄让我们走得更踏实。

吾辈青年更应当用知识和热情踵事增华。我们流行的不只有“丧”文化，还有“燃”文化，不只有“躺平”，还有“奋斗”。习近平总书记对青年给出了几点期望：“功崇惟志，业广惟勤”——广大青年一定要坚定理想信念；“凿井者，起于三寸之坎，以就万仞之深”——广大青年要从现在做起、从自己做起，使社会主义核心价值观成为自己的基本遵循；“人才有高下，知物由学”——广大青年要自觉加强学习，不断增强本领。

一个时代有一个时代的使命，我们作为青年的使命就是摆脱冷气、逆流而上，让我们的子孙后代也能享受前人披荆斩棘所创造的幸福！

# 红色基因　于此赓续

翟布朗

“鹤鸣于九皋，声闻于野。”掩卷《他们从上海大学（1922—1927）走进新中国》，上海大学红色基因的诞生、发扬、传承之历史令我动容。即便是在那个风雨飘摇、内忧外患的年代，仍有一群青年，他们积极向学，用新思想武装大脑，用新思想拯救旧社会；他们励志救国，发表爱国书文、创立爱国报刊、参与救国运动……虽然每一个“他”或“她”都只是一个小个体，却蕴涵着强大的思想力量，改变社会、救土图存！

1921年，中国共产党成立，揭开历史的新篇章。次年，由中国共产党与国民党合作创办的“上海大学”横空出世。自诞生之日起，上海大学的命运似乎就与中国共产党、与中国革命事业紧密相连。上海大学，生来便带着红色——从闸北弄堂到租界僻巷，四方有志青年汇聚于此，面对艰难的办学条件，对求知仍抱着热忱之心；面对反动派的迫害，他们仍坚定立场毫不退缩，抛头颅、洒热血，抛弃个人小我，投身革命大业。

钱伟长老校长在为上大学生作关于“自强不息”的校训的报告时说：“没有他们（烈士）的牺牲，没有那么多革命志士的奉献，我们上海大学提不出那么响亮的名字，这是我们上海大学的光荣。”1922—1927年的优秀上大学子们，他们是上海大学的光荣，他们铸就了光荣的上海大学！

上海大学是一个充满学习氛围的大学。在这里，老师、学生的技能得到提升、文学素养得到熏陶、思想境界得到升华、人生价值得到体现，而这种提升则在一代又一代的传承中发扬光大。

邓中夏、沈雁冰、丰子恺、田汉等无数优秀文人、革命者在上大教书育人。“动人以言者，其感不深；动人以行者，其应必速。”那一时期上海大学的老师们除了教书育人外，无不以身作则，用行动将知识、思想浸到学生们的骨子里，他们深邃而真诚。正如施蛰存所回忆的那样：“在别处学校里，我知道教授的面孔是冷的，而大学教授尤其应当庄严，即使这位教授生性和善，也不得不在授课的时候装几分的庄严。这样的可笑态度，上海大学的教授中竟一位也找不出。”上大的老师们将先进的知识与思想遍撒于上大的每一个课堂。邵力子细致耐心，讲课力求浅显易懂；俞平伯认真深邃，沉醉在“独倚望江楼，过尽千帆皆不是”等经典之中；安体诚针对学生的疑惑和茫然写信点拨：“人生的意义就在于顺应历史的大潮，自觉地推动历史的发展，为人类社会的进步作出贡献。”瞿秋白告诉学生：“为什么革命学校的教学方针和革命学生对待学习的态度，都应该贯彻理论联系实际的原则。”他还说：“革命靠少数人是不行的，应该带动广大群众去干。”可见，上海大学的每一位老师都在教书育人、塑造学生思想等方面发挥着自己独特的作用。瞿秋白的学生也是他的妻子的杨之华曾说道：“这些教师的年纪和同学们差不多，甚至比有的学生还年轻些，但他们讲课时知识渊博，在政治斗争中机智勇敢，所以他们在学生中威信很高，成为同学们学习的光辉榜样。”正是上大的老师们渲染了上大的革命氛围，领导上大学子们在革命大潮中翻涌、澎湃！

施蛰存、戴望舒、丁玲、杨之华、赵君陶等许多的优秀爱国作家、诗人都曾在上海大学求学。“读书到底是为了什么？”周国平曾问道，“如果我们排除做学问很实际的目的，读书就是我在吸取营养，把自己丰富起来，我自己感觉，读书最愉快的是什么时候，是你突然发现‘我也有这个思想’。最快乐的时候是把你本来已经有的，你却不知道的东西唤醒了。”施蛰存在进入上海大学不久就说：“上海大学是有特殊精神的。”上海大学，拓开了戴望舒文学之路，也促进他参与爱国运动、支持爱国民主运动；上海大学点通了那个施蛰存和戴望舒回忆中的背影——丁玲，她跟随沈雁冰、俞平伯、瞿秋白等先生的步伐，走上了红色文学创作之路，《梦珂》《母亲》《我在霞村的时候》《魍魉世界》等优秀的文学作品由此诞生。

在这红色的革命学府中，更不缺乏共同进步的传奇爱情。杨之华与瞿秋白的双向奔赴，赵君陶对李硕勋的终身坚守……中国的妇女运动因杨之华而兴，中共的重要领导人瞿秋白为革命英年早逝；赵君陶放弃地位与荣誉，扎根中国的教育基层，李硕勋为革命事业捐躯。感动天地的爱情不一定是情侣的分分合合、爱恨情仇，正如莫贵英所言：“迎着阳光开放的花朵才美丽，伴着革命理想的爱情才甜蜜。”纯贞的爱情之花，在革命理想之中孕育，在和睦互励中生长，在共同战斗中开放，这种爱情之花，经得起任何考验。

“鹤鸣于九皋，声闻于天。”上海大学取得的成就值得我们永远铭记，上海大学的办学传统和办学精神值得我们继承与发扬。在当下，我上大学子有责任、有义务传承红色基因。山河破碎风飘絮的年代，先辈们以马克思主义武装大脑，救国救民；而在这和平的大好年代，我们则要努力学习习近平新时代中国特色社会主义思想，学习党的路线、方针、政策和决议，学习党的基本知识，学习科技文化，努力提高为人民服务的本领，将自己置于改革创新的潮流之中。

作为新时代青年，作为上大学子，我们要铭记中国历史，铭记上大历史，学习上大精神，贯彻“自强不息”“先天下之忧而忧，后天下之乐而乐”的校训，以实现中华民族伟大复兴为己任，增强做中国人的志气、骨气、底气，不负时代，不负韶华，不负党和人民的殷切期望！

# 中华民族群星闪耀时

张傲然

没有人能永远年轻，但总有人风华正茂。

——题记

有这样一群人，从五湖四海而来，多次辗转，汇聚于弄堂阡陌，创办学府、社团，宣传红色思想，传播科学新知。他们在中国近代曲折前行的百年中，屡仆屡起，不屈不挠；他们与中国共产党紧密相连，施展才华，忠义报国。这些平凡而伟大的爱国学者，以上海大学为自己的舞台，用自己的温度，助燃中华民族的复兴之火。

盛传“文有上大，武有黄埔”，可实际上，从上大走出的，不仅有杰出的学者与思想家，也有热血的革命者和军队将领，更不乏文武双全的民族脊梁。《热血日报》编辑何味辛、心怀“大侠魂”并投身正义事业的安剑平、文艺界领袖阳翰笙、红军将领张琴秋、马列著作翻译大家张仲实……他们是一颗颗璀璨的明星，前仆后继地照亮了民族的广阔银河。而最令我感动的，正是这承前启后、代代传承的研学精神。

在我看来，这种精神有两大载体：一是勤勉求学、修炼自身为天下的学生；二是身为世范、春风化雨育英杰的教师。而随着一位位先辈在这两重身份间相互转换，精神便得以延续。

在《他们从上海大学(1922—1927)走进新中国》一书中，我印象最深的，便是瞿秋白先生的这一番教导：“按你喜欢的去学，去干，飞吧，飞得越高越好，越远越好，你是一个需要展翅高飞的鸟儿。”这句话大大鼓舞了以丁玲为代表的一批学生，其中包含的绝不是对学生的放任，而是对后辈的肯定与信任。同时，诸如邵力子、俞平伯等教授的悉心教导，也是学生们成才所必不可少的“催化剂”。而在教师们的引领下，这些学生，或执着于追求学识，成为翻译家、作家、艺术家；或毅然走上革命道路，以救国强国为己任；或登上三尺讲台，摇身一变成为教师。然而，无论他们做何选择，最终殊途同归，即将自身曾在红色学府中获得的知识、思想最大限度地传播给更多人，将自身的价值最大程度地发挥，滋润社会。“知责任者，大丈夫之始也；行责任者，大丈夫之终也”，读罢这一位位英雄可歌可泣的光辉事迹，我的钦佩之情油然而生。

百年上大，一代代青年迎风而上，如今的我，终于也有幸追随着他们的脚步，进入上海大学这座一流的红色学府，传承这份宝贵的精神财富。领略先辈们的光辉事迹的同时，我对于自己的价值、使命与目标，也有了更深一层的认识。

崔卫平说：“你所站立的地方，正是你的中国；你怎么样，中国便怎么样；你是什么，中国便是什么；你若光明，中国便不黑暗。”如今的中国，早已不似百年前的破碎离乱。今天的华夏大地上，我们看到的，是五岳向上，是欣欣向荣，是长江黄河的奔腾不息，是民族意志的永远向前。我们出生于蓝天下，成长在祖国的怀抱中。我们生逢盛世，既平凡又幸运，也因幸运而平凡。新冠疫情暴发，无数的白衣天使、科研人员奔赴前线，为我们撑起一片蓝天；洪水泛滥，解放军战士抗洪抢险，筑起人体长城，奋力挽救生命。是啊，哪有什么岁月静好，不过是有人在替我们负重前行。

也正是因为如此，我们青年一代更应勤奋为学，传承红色基因，争做时代新人。习近平总书记说：“当代中国青年是与新时代同向同行、共同前进的一代，生逢盛世，肩负重任。”我们在祖国的呵护与培养下逐渐成才，现如今，步入大学，我们正在经历由青涩到成熟、从小家迈入社会的转折。我们拥有属于我们自己的力量：知识、热情、勇气、活力……知识反哺社会，热情给予人民，勇气面对挑战，活力绽放光彩……艰苦奋斗，感恩报国，在新时代的舞台上，我们团结奋进，风雨无阻，我们书写华章，谱写属于我们的青春旋律！

“红日初升，其道大光”，先辈们用热血，用一次次的奋不顾身换来中国的曙光。路至青霄，继以远航，未来寄希望于我们青年一代，我愿接下这名为传承的火炬，不负韶华，扬帆起航！

不忘初心，朝气永驻，请党放心，强国有我！

# 红　烛

张朝凯

红烛啊，你发光之时，也是你流泪之日。

烛尽蜡仍流，烛灭烟萦绕。他们的结局已然注定，他们注定为自己热爱的事业付出所有。我们或许要问：为何光明一定要以流泪为代价？为何不悬一盏灯照明前路？或许在我们这个和平年代，许多人已然忽视了黑暗的日子的存在，他们把光明视作常态。当灯熄灭，人们又将坠入无边的黑暗中，这些人又与鲁迅先生笔下铁屋子中麻木的民众有什么区别？若是没有红烛的燃烧，谁来烧破世人的梦，谁来烧沸世人的血？

何为黑暗？黑暗是使人麻木的迷雾，人们总是向往和平与安宁，所以人们用当下的美好来掩盖过去的牺牲，用表面的和平粉饰深层的矛盾。人们在和平与安宁中忘却牺牲和矛盾，这种虚伪的和平就是红烛所要照亮的黑暗。在国共合作的背景下，短暂的和平到来，人们却还陷在黑暗的迷雾中，上海大学在此刻成立，孕育了将燃起的红烛。

卡西尔在《人论》中提道："人类生活的真正价值，恰恰就存在于这种审视中。"陈望道思想的改变源于十月革命和辛亥革命，他同时看见了红烛发光后的俄国和灯光熄灭后的中国，他知道"实业救国"和"科学救国"这两盏灯不足以驱散黑暗，而自己所学的法科也并非自己的人生追求。上海大学成立，他意识到燃烧自己的机会来了，因此任教于上海大学。

而施蛰存提出的"上海大学精神"则是这种自我审视的另一种体现。这种精神彰显了一代代上大人一心求学的态度，他将这种态度总结为上海大学精神，为之后的上大人树立了榜样与目标。即使是身处和平年代的我们，仍然需要上海大学精神。但是上海大学精神并不是“罢黜百家，独尊学术”的代名词。恰恰相反，施蛰存笔下和蔼可亲的教授、能够研究自己所爱学科的学习环境，这些都是包容的体现。上海大学就像是建设火种的发源地，无数的红烛在这里点燃，照亮各个领域。

不同于陈望道投身马克思主义事业，施蛰存作为一名学者通过自己的方式成为红烛，去点亮学术领域的黑暗。大学生活不止有学习、科研、艺术，我们不能选择自己如何燃烧，但我们至少可以选择在何处燃烧，为自己热爱的事业而燃烧又何尝不是一种快乐？

傅雷曾说：“赤子便是不知道孤独的。赤子孤独了，会创造一个世界……”闻一多在诗中道：“既已烧着，又何苦伤心流泪？”我想这泪中应该包含着喜悦，这份孤独能让赤子创造出新的世界，也算是“培出慰藉的花儿，结成快乐的果子”了。反观当下，“佛系”当道，“丧”文化流行，红烛们若是不燃烧自己，又怎能将火种传递下去，又怎能将自己的膏脂流向人间，开出花儿，结成果实呢？

信息时代的当下，人们之间就算交换上万条信息，两人之间心的距离也不能拉近哪怕一厘米。我们削弱了熟人关系构成的乡土社会中的差序格局，我们将自己关在信息茧房中，我们面临的黑暗不同往日。我们面对的是在虚拟和现实中寻得自己的价值。在虚拟和现实边界日益模糊的当下，“到处都是水，却没有一滴可以喝”，我们如何有价值地燃烧？

作为上大人，上海大学精神的传承人，我们不该迷茫。想想那些红烛吧，他们选择牺牲肉体，拥抱精神，这并不代表他们不会彷徨。林觉民写下《与妻书》，林淡秋发表《我为什么入上大？》，这些都是有了很深刻的觉悟后作出的决定。生不逢时，他们与世界为敌也是无奈之举。更何况在这个包容的时代，我们不必为了成全精神而放弃肉体，我们的人生追求是值得尊重的，甚至是神圣的。若是我们燃烧自己将中国建设得愈发强大，使光芒照到每一个角落，那么上大的校友们，革命先烈们若是在天有灵，也能够发出“这盛世如我所愿”的感慨吧！

所以不必担心自己的燃烧是否有价值，只要自己做好了准备，那就去做吧！如闻一多先生在诗末所言：

“莫问收获，但问耕耘。”

# 承先辈辉煌精神　谱写上大不凡青春

李晓琦

有这样一群上大人，他们在革命的炮火中仍坚持希望，在黑暗里踽踽独行；有这样一群上大人，在国家和民族危难之时，挺身而出，担起重任，将自己的生死置之度外；有这样一群上大人，他们艰苦奋斗，拥有超越历史的前瞻性和新思想，引领中国走向新未来。时间流逝，精神不减，这些先辈们的辉煌精神照耀着现在的上大人，谱写上大未来不凡华章。

百年上大，红色传承。这所建于1922年的红色学府，是承载中国共产党活动的阵地，是中国革命的洪炉。在这里，中国共产党宣传马克思列宁主义、解放人民思想；在这里，教师和学生接受了中国共产党最先进的思想，上大人身先士卒，承担了五卅运动先锋队的重要角色，无愧"北有五四时期之北大，南有五卅时期之上大"的美誉。自上大建立起，它就与中国共产党的命运紧紧联系在一起，与党同呼吸、共命运。红色血脉深深地熔铸在每一个上大人的心中，红色基因成为上大人心中不灭的星火。

"红日初升，其道大光，河出伏流，一泻汪洋。"这是属于青年的朝气蓬勃，是使历史加速向更美好的方向前进的力量。正如李大钊先生说的那样，"青年之文明，奋斗之文明也"。作为上大人，唯有高举上大精神之炬，与机遇奋斗，与时代奋斗，与挑战奋斗，才可谓"人生之王、人生之春、人生之华也"。

承英雄先辈之辉煌。上大之所以在经历了百年洗礼之后仍不减本色，是因为其承载着先辈们的辉煌。"天地英雄气，千秋尚凛然。"这辉煌是蔡和森

"忠诚印寸心,浩然充两间"的革命精神、革命热情和革命信仰;是王稼祥敢于突破教条主义旧思想的革命勇气;是戴望舒打破定式,突破传统,推陈出新创造现代诗派的革命创新;是丁玲集革命、教育、奉献于一体的革命意识;是张崇文、梅电龙"甘将热血沃中华"的革命担当……这些革命先辈在那样战火纷飞、动荡不安的年代里"开怀天下事,不言身与家",拯救国家民族于危亡之中,诠释了"为有牺牲多壮志,敢教日月换新天"的英雄气概。今天的我们虽然不会面对国土的沦丧与破碎,不会承受战火硝烟与生灵涂炭,但落在我们肩上的历史责任依旧沉重。我们应该努力成为鲁迅所说的"创造人类历史上从未有过的第三代",以建设发展祖国为己任,青春热血献祖国,顽强地努力,无私地奉献,为祖国的繁荣昌盛贡献自己的智慧和力量。"崇尚英雄才会产生英雄,争做英雄才能英雄辈出",我们今天是上大的桃李,明天是社会的栋梁,必将掀起中华历史的巨浪。

奋斗没有旁观者,我们都是上大人。马克思指出:"一个时代的精神是青年代表的精神,一个时代的性格是青春代表的性格"。一代人有一代人的使命,一代人有一代人的责任。上大的未来,祖国的明天,靠我们奋斗。

我们应该始终坚定共产主义理想信念,努力学习专业知识,提高科学素质,做到政治过硬、本领高强,争取早日成长为共产主义的建设者和接班人。

创新精神要落实。鲁迅先生曾说过,青年"所多的是生力,遇见深林,可以辟成平地的,遇见旷野,可以栽种树木的,遇见沙漠,可以开掘井泉的"。创新是实现未来预想的最佳方式之一,是上海大学进步与发展的不竭动力,是国家民族繁荣的长久推力。作为新一代上大人,我们应该置身于实现中华民族伟大复兴的时代洪流,以时代使命和历史责任为己任,把握时代机遇,迎接时代挑战,培养创新思维、创新意识,努力探索,以"敢想,敢闯,敢为天下先"的气魄,勇开风气之先,做创新的主力军。

坚韧人格要培养。"故天将降大任于是人也,必先苦其心志,劳其筋骨,饿其体肤,空乏其身,行拂乱其所为,所以动心忍性,曾益其所不能",这一段话道尽了每一位奋斗者所面临的艰苦考验和严峻磨难。我们要把磨难、挫折看作对生命的一种过滤,在攻克它、战胜它的过程中,过滤掉软弱与畏缩,留下面对艰难困苦的坦然与坚韧。"艰难困苦,玉汝于成。"人类的所有美好梦想,都不可能一蹴而就,都离不开乘风破浪、栉风沐雨的艰苦奋斗,相信我们在历经千帆之后,自会看见"世之奇伟、瑰怪、非常之观"。

“大道至简，实干为要”，这是习近平总书记对我们的期望。“空谈误国，实干兴邦”，作为当代中国青年，我们应脚踏实地，讲实话，办实事，求实效。实干需要实事求是地去定位思考，需要从容自若地去面对审视，更需要由表及里地实践跟进。或扎根乡村，或支援边疆，或投身军旅……千里之行，始于足下。我们应该有着“苔花如米小，也学牡丹开”的不卑不亢、戒骄戒躁，本着踏实的精神，扎根基层，奋发进取，在祖国最需要的地方发光发热。

心系人民，胸怀世界。马克思说过，“如果一个人只为自己工作，那他的价值将是有限的”。我们青年应该时刻跟上时代的步伐，站高一点，看远一点，培养世界眼光，树立人类命运共同体理念，正确认识自己所背负的历史使命，努力让中国在国际社会中发挥更大的作用，实现国家的发展与世界的发展有机统一。

先辈有言，“青年如初春，如朝日，如百卉之萌动，如利刃之新发于硎”。得其大者可以兼其小，青年的奋斗，只有与国家、与民族的发展需要有效结合，只有顺应时代前进的洪流，才能散发出更加璀璨的光芒。作为上大人，我们应该深刻铭记“自强不息”“先天下之忧而忧，后天下之乐而乐”的校训，保持奋斗姿态，以创新、坚忍、实干、奉献的精神向着目标迈进，矢志不渝地保持初心，赓续上大红色基因，继承英雄先辈们的辉煌，让青春在新时代的广阔天地中绽放，让人生在实现中国梦的奋进追逐中展现英姿。

# 继承红色基因　砥砺担当作为

阿热阿古力·叶尔江

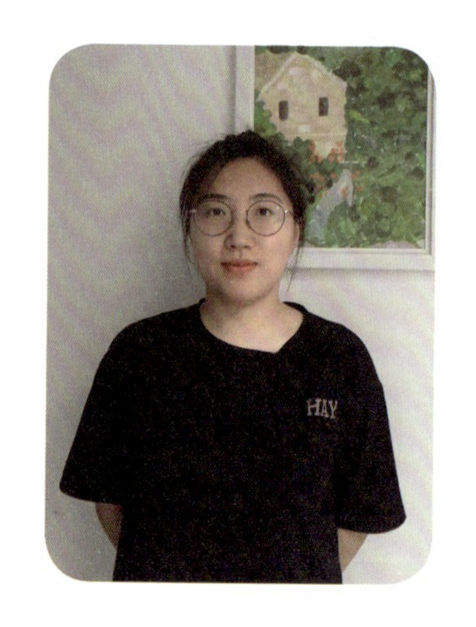


今年暑假，当收到上海大学的录取通知书时，我便被一同送来的《他们从上海大学（1922—1927）走进新中国》一书所吸引。从前言开始，我认真地读起了这本书，它带我认识了一个全新的上海大学。今年是上海大学建校100周年，作为一名上海大学新生，这本书带给我的冲击巨大、深刻。

《他们从上海大学（1922—1927）走进新中国》是《从上海大学（1922—1927）走出来的英雄烈士》的姊妹篇，讲述了那些曾经在上海大学和这些革命烈士们共同工作学习过的同事们、同学们的可歌可泣的事迹和不凡的经历。他们曾在上海大学认认真真地学习，兢兢业业地工作，走出上海大学后，他们在中国共产党的带领下，心中怀着同一个梦想，以自身坚强的意志和不屈的毅力，以不同的方式，走向了他们为之憧憬、为之奋斗的新中国。这本书所记载的68位杰出的共产党员和革命者，体现了上海大学这座红色学府在培养优秀人才、为国家输送优秀人才这一方面所取得的惊人成绩，也让我们新一辈的上大人对上海大学有了更加全面的认识，更加有信心在这样一座优秀的红色学府里成为对社会有用、对国家有用的杰出青年。

这本书中给我留下深刻印象的人有很多，例如：上海大学的“傲气”女学生丁玲，创作了大量进步作品，表现了五四运动后觉醒的知识青年的痛苦和追求，引起了强烈的社会反响；中国太平天国史研究的一代宗师罗尔纲，写成《太平天国史纲》，是太平天国研究的奠基人；中国现代诗派的代表人物戴望舒，以大量诗集和译作宣传革命思想，支持进步学生，参与爱国运动，等等。

其中，令我印象深刻的是浙江黄岩籍的第一位共产党员——戴邦定，他生于1902年，1919年五四运动爆发后，他积极参加反帝爱国运动，进行“提倡国货，抵制日货”的宣传活动。1924年戴邦定成功考进上海大学中国文学系，开始一心一意攻读学问，但在五卅惨案爆发后，他目睹了敌人的残酷，改变了自己对政治活动的态度，这成为了他人生的一个转折点。从此戴邦定开始接触共产主义思想，并加入了中国共产党，成为了浙江黄岩籍最早的一名共产党员，还曾担任过上海大学党支部宣传委员。在从事革命工作的同时，戴邦定并没有放弃自己钟爱的文学创作，曾出版《媳妇》等反映底层人民生活状况的书籍。即使遭到当局通缉，戴邦定也坚持进行地下斗争，继续领导中共临海特支的工作。

当我读完一篇篇上大人的英雄事迹和不凡的人生经历时，夜幕已经降临，我转过头看向窗外，一片灯火通明的景象，我想这也许曾是他们心中向往的新中国的模样。此时，我明白了，我们生逢盛世，肩负重任，理应不负韶华，不负青春，在担当中历练，在尽责中成长，让青春在新时代的广阔天地中绽放，让人生在实现中国梦的追逐中展现英姿。作为上大人，更应继承先辈们的红色基因，肩负起时代的重任，砥砺前行，为新中国的发展奉献一份绵薄之力。

艰难方显勇毅，磨砺使得玉成。近两年里新冠疫情肆虐，涌现出一批批青年学子奔赴一线，救死扶伤，为国家的疫情防控工作出一份力，尽一份心。奋斗的道路不会一帆风顺，急难险重、打击挫折在所难免，青年面对困难和压力时要有毫不畏惧、不断奋起的勇气，做经得起风雨的奋斗者。就如先辈戴邦定一般，即使被捕入狱，即使遭到严刑逼供，即使受到残酷迫害，也能以坚强的意志为国家的未来而奋斗。

砥砺担当作为，矢志增强本领。作为上大学子，学习是我们的首要任务，也是我们以后为国奋斗的基础。努力学习科学文化知识，勇于创新，敢想、敢问、敢做，在实践中运用科学文化知识，将自己喜欢的领域与实现中华民族伟大复兴相结合，将实现自己的梦想与实现中国梦相结合，既能成就自我又能报效祖国。

征途漫漫，唯有奋斗。作为一名新生，我们在上大的学习之旅才刚刚开始，这本书向我介绍了成为一名优秀的上大人所具备的能力与优秀品质，也明确了我的目标，为我以后也成为一名优秀的上大人增加了动力。年轻一代的上大人肩负使命，砥砺前行，才能自信地喊出上大的校训：“自强不息”“先天下之忧而忧，后天下之乐而乐”。

# 赤红终会传承下　任尔东西南北风

陆天宇

他们从上海大学走进新中国，我在新时代走进上海大学。那是1922年的秋天，国共合作在上海创立了上海大学，守常先生推荐的邓中夏同志成为校务长。在这里，青年学子受到了马克思主义的熏陶；在这里，青年学子坚定了自己的信仰；在这里，青年学子共同带着一颗颗红心，走进了新中国，谱下数篇壮烈的史诗。

"苟利国家生死以，岂因祸福避趋之。"如此混乱的年代，有志青年奋力找寻着拯救中国的出路，他们尝试了资本主义制度，却发现资本主义的真面目，竟是无尽的剥削、掠夺与杀戮。十月革命一声炮响，为中国带来了马克思主义。有志青年找到了能够拯救中国的希望。全心翻译《共产党宣言》以致错蘸墨汁的陈望道；用文字抒写五四青年梦的丁玲；带领妇女工人们坚决斗争的张琴秋；"毛泽东思想"概念的提出者王稼祥……"恰同学少年，风华正茂，书生意气，挥斥方遒"，这一群青年，用他们的笔，用他们的语言，用他们的行动，指点江山，怀着满腔热血投身革命。

他说："历史是人民创造的。"他说："不必时时怀念我，我离开之后，你们就是我。"他说："人民万岁！"……雄鸡一声天下白，青年自此莫等闲。不必说前路坎坷，不必说关山难越。青年拥有智慧，青年拥有勇气，青年拥有决心。我们向前呐喊，喊着无产阶级万岁，我们向前奋进，引领阶级斗争。纵有强敌在外，虎视眈眈；纵有反贼在内，四处阻拦。"莫听穿林打叶声，何妨吟啸且徐行"，"地上本没有路，走的人多了，也便成了路"，所以我们要坚持走自己的道路，当“我们”变多了，路便自然铺就了。我们是新时代的青年，处在风华正茂的年纪，当越来越多的我们投身共产主义的事业，越来越多的我们将红色基因传承下去，为中国人民谋幸福，为中华民族谋复兴的大道就会不断宽阔，不断光明。如今天下红遍，江山靠谁守？靠我们，靠他们，靠新时代的青年。

如今，各种反动思想正不断蛊惑青年，妄图从内部瓦解青年的思想堡垒，传输被歪曲的事实，宣扬虚伪的自由。但是，一切反动思想都是纸老虎！只要我们青年坚定信仰，坚定意志，反动思想就没有办法得逞。任凭它们怎么阻挠，赤红的太阳一定会照耀全球！新时代的青年在“两个百年”历史交汇点，要成为鲁迅口中的“炬火”，绽放自己的光芒。

一百年前，他们带着满腔热血，来到上海大学，寻找解开旧世界枷锁的钥匙；一百年后，我们带着雄心壮志，来到上海大学，找寻为人民谋幸福的方法。青年的意识，代表的也是整个时代的意志，愚认为当今社会的青年，一定要：

爱国爱党爱人民，坚决抵制对国家对民族有害的事物；

在有限的生命中，在自己的行业为人民、为祖国发一分光。

青年应怀有鸿鹄之志，续写属于自己的红色篇章，关山并不难越，大河并不难渡。人民幸福需要我们的力量，伟大复兴更需要我们不断前行。正是朝气蓬勃时，吾辈更应当自强。

旧时代的他们渐渐远去，他们从上海大学走进新中国，新时代的我们渐渐走来，走进了新中国赤色的上海大学；我们在社会主义道路上不断前行，我们的梦想在上大发出光芒。他们留下了红色的种子，我们要让这颗红色的种子成为参天大树。在上大，不负韶华，奋力学习，用我们的才识回馈祖国、回馈人民，就像当年风华正茂的他们一样，将红色铺满大地。

1921年，青年们找到了鲜红的太阳，并希望阳光照耀全球；1949年，中华民族种下了红色的种子，并希望种子茁壮成长；2021年，新时代青年纷纷觉醒，他们要让这颗种子，长成坚不可摧的大树。

赤红终会传承下，任尔东西南北风。

# 生而逢盛世　青年当有为

沈馨怡

午后，和煦的阳光透过窗户洒满书桌，将台面上摆放着的书籍照亮，封面上的文字泛起橙红的光晕。《他们从上海大学（1922—1927）走进新中国》这本同录取通知书一起送到我手中的书原本并没有被我翻开过，本着完成任务的心态阅读，却发现自己被书中那些个性鲜明的人，被那些扣人心弦的事，被那个激情澎湃的时代深深地吸引，感触颇深。

书中的施蛰存先生从“上海大学的学生”“上海大学的教授”“上大学生所做的”三个方面来阐述他眼中的“上海大学精神”。

上海大学的教授中，有译书过于专心而误将墨汁当红糖就白米粽充饥的陈望道；有以“矢志”图表爱国心的丰子恺；有科学及妇女解放等普及教育的先驱者顾均正；有用文字在红色报刊史上留下永不褪色的光辉的何味辛；有为中国动画片事业起到筚路蓝缕的开创之功的万古蟾；有在教育战线英勇斗争的杨明轩；有与来访学生秉烛夜谈的俞平伯……

上海大学的学生中，有身陷囹圄仍坚强不屈最终得以重新入党的戴邦定；有积极投身火热革命斗争的“书呆子”戴望舒；有满身“傲气”的丁玲；有“蒙以养正”的何成湘；有思想立意和政治见识超群的“关中四大才子”关中哲；有被上大这座“洪炉”“炙着头脑”的孔另境；有经历十年牢狱之灾更坚定了革命理想的李逸民；有在黑暗年代参加革命献出一生的林淡秋；有“一个情报，抵得战场上一个师”的王超北……

上大的学生在上海大学主办了“深切时弊”的进步刊物《孤星》，为“吾党之主张，而尽言论之职责”；成立了文学社团“青凤文学会”，研究热爱的文学，如凤鸟一样燃烧……

由此，我想“上海大学精神”也许就是一种青年的奋斗精神。

“一个国家的进步，刻印着青年的足迹；一个民族的未来，寄望于青春的力量。”从百年前的五四运动开始，青年的身影便不断出现在历史的舞台上，为当时积贫积弱的中国贡献自己的力量；到了今天，山河犹在，国泰民安，生逢盛世而身为“后浪”的我们更应有所作为，不负前辈期待。

一百年后，新中国如一轮闪耀的太阳缓缓升起，这当然离不开每一代青年的砥砺前行，奋发有为。

鲁迅先生曾这样描述青年：“所多的是生力，遇见深林，可以辟成平地的，遇见旷野，可以栽种树木的，遇见沙漠，可以开掘井泉的。”青年是最富生机、最有活力、最具创新的群体，青年兴则国家兴，青年强则国家强。青年一代有理想、有本领、有担当，国家就有前途，民族就有希望。中国梦是历史的、现实的，也是未来的；是我们这一代的，更是青年一代的。

回想当年，在战火纷飞，国运飘零之际，无数青年怀揣爱国之心，承担起救国于危难之间的重任。戊戌六君子为救亡图存凛然就义，甘愿用自己的鲜血唤醒国人；孙中山领导辛亥革命，推翻了封建帝制；青年学生在五四运动中起到至关重要的先锋作用；石库门中，一群有着远大目光的青年，看到了中华民族的觉醒需要一股新的力量，于是，中国共产党诞生了。他们承担起民族的希望，在乱世中播种希望的种子，给国人带来希望的光。在波澜壮阔的百年征途中，越过激流险滩，穿过惊涛骇浪，从前那小小红船已然成为领航中国稳健前行的巍巍巨轮。

展望今朝，中国青年初心不改。一场疫情笼罩神州大地，这是一场没有硝烟的战争，我辈青年毅然决然成为抗疫的主力军，青年志愿者积极投入抗疫的前线，青年医生坚守自己的岗位，青年教师为孩子们进行线上教学……各行各业的青年用实际行动践行了青春的誓言，“山川异域，风雨同天”。青年同气连枝，共盼春来，他们秉持着“为天地立心，为生民立命，为往圣继绝学，为万世开太平”的理念，不啻微芒，造炬成阳。

青年啊，似初春般朝气蓬勃，又像初升的太阳充满希望，仿若那新生萌动的花骨朵儿带着闯劲，又如同刚刚磨砺过的快刀一般充满力量。正值青春的我们可谓是初生牛犊不怕虎，充满了无限的可能，但青春也是一笔不耐花销的财富，若我们尽情挥霍，那么短暂的青春将满是悔恨。时光匆匆，唯有珍惜才能让青春在我们的岁月里流光溢彩。

我辈青年当肆意远眺，秉理想之烛光。“丈夫志，当景盛，耻疏闲。”君能见否？徐霞客“大丈夫当朝碧海而暮苍梧”之激昂。君能见否？周总理“愿相会于中华腾飞世界时”的期许。君能见否？在浩阔的宇宙中，是一颗心指引着我们通过那不可知的黑暗。于是，让我们怀揣理想，视一切冷眼为鬼火，大胆地走上我们的夜路，前往终端的光耀。

我辈青年当视国泰民安为己任，勇担时代责任。“惟愿诸君将振兴中华之责任，置之于自身之肩上。”回首中国哀鸿遍地之时，无数先烈怀拥楚囊之情血荐轩辕，以大无畏的气概投身救亡图存事业。然“节物风光不相待，碧海桑田须臾改”，时代早已面目全非，每个时代有每个时代的责任，中国腾飞之梦的接力棒已然落入我们的手中，“知责任者，大丈夫之始也；行责任者，大丈夫之终也”。揆诸当下，“海啸级后浪”曹原被称为“石墨烯驾驭者”，前途无量；14岁的全红婵在东京奥运会上斩获金牌，一战成名；“才浅”手工还原三星堆黄金面具与权杖，初心不改。新时代青年已经开始崭露头角，我们也应望其项背，紧随其后，握紧手中的接力棒，为实现中华民族伟大复兴不断前进。

借着青春的浇灌，青年的理想无不远大，有多少人坚信“天生我材必有用，千金散尽还复来”。我们歌颂青春，不惧汗如雨下而大步奔跑，我们默念心中的理想，蔑视市侩圆滑，向着光而去，如李大钊先生在《青春》所写下的“以青春之我，创建青春之家庭，青春之国家，青春之民族，青春之人类，青春之地球，青春之宇宙”一般，热烈又单纯。

书中林淡秋先生对于当时部分民众的批判令我印象深刻：“社会上有一般人，既没有到上大读过书，又没有到上大办过事，其对于上大的情形，实在是一点都不知道的。但是他们在外表上，硬要装作熟识上大的样子，说‘上大不好’。”其实，即便是现在仍存在这样一群对上大“不懂装懂”的人。然而，上海大学这所在风雨如晦的年代由中国共产党和国民党合作创办的高等学府，早已为革命事业培养出一批又一批的杰出人才，赢得了“文有上大，武有黄埔”的美誉。这样一所忠于传承红色基因的一流大学又怎会像他们所说的那样“不好”呢？

《诗经·小雅》有云：“鹤鸣于九皋，声闻于天。”我想，真理从来不会被混沌的谣言与人云亦云的乌合之众抹杀，而要真正传播真理，将上海大学的真实形象展现给民众，还需要我们上大青年的共同努力。就像俞平伯先生为上海大学题下的“青云发轫”一样，上大青年要牢记上海大学从“青云里”走来，将在新的起点上生出自己独特的光辉。

最后，我还想借用李逸民先生的那句“劝君莫为青春惜，将见世界满地红”。青年正处于人生中最应该奋斗的时期，国家正处在蓬勃发展当中，奋斗与拼搏，也正是我们这一代人的使命。耳边仿佛又听到孙中山先生在演讲中对青年的殷切期望：“惟愿诸君将振兴中华之责任，置之于自身之肩上。”百余年后的今日，我们当不忘先辈教诲，砥砺前行。

愿每个上大人都能够谨记，吾人尚在青春，应用热血和纯朴去摆脱冷气，向上走，丢弃传统迂腐的观念，将这占据人生回忆绝大部分的时光，用来奉献和付出，去做炬火，照亮黑暗，照亮自己的未来，照亮上大的未来，亦照亮祖国的未来。

# 中华复兴　当在我辈青年

孙艺卿

“中华复兴，当在我辈青年”，这是我阅读完《他们从上海大学（1922—1927）走进新中国》之后脑海中浮现的一句话。

此时已是深夜，我放下书，关了灯，在温和的呼吸中渐渐睡去。

这一夜月白风清，我却梦到了那个风雨如晦的年代。

“天下兴亡，匹夫有责。我要加入中国共产党，推翻帝国主义，保家卫国。”旁边一位同学低声对我说出这句话。顿时我的心里一阵翻涌，意识到自己是在一百年前的上海大学。环顾四周，都是陌生却熟悉的面孔：丁玲、王一知、孔另境……有的我能认出来，有的我认不出来。他们集中在这里，衣着整齐朴素，眼睛里却都散发出一种昂扬的希望之光、信仰之光。此时中国共产党才成立不久，巴黎和会外交失败、山东被强占的阴影依然笼罩着每个中国人。中国青年想要改变这一切，想要国家不再被列强侵略瓜分。中国共产党就像是黑暗中的灯塔、寒夜中的火炬，在中国青年刚刚被五四运动的新思潮唤醒的时候，给了他们坚定的信仰。哪怕身在沟渠，也要抬头望月。

我看到自己在一栋灰暗的教学楼下面，一个挺拔的身影走了过来。他的手上紧紧握着一本陈望道先生翻译的《共产党宣言》，这本书的边缘已经磨损了，但是里面没有一点折痕。他把书交到我的手上，看着我说：“参加了革命，生命就不是自己的了。我不能再顾及自己的性命……以后再不要说保重的话，因为我本是要为人民牺牲的。我只能把这本书留给你，里面有我此生的信仰和最精纯的魂灵。心脏会在敌人的枪炮下停止跳动，但是我的意志会随这本书一直陪着你。我们有共同的信仰，这比得上一切甜蜜的爱意和朝朝暮暮的厮守。”我听到仿佛不是自己的声音说：“同志，你不仅仅是同志……我知道，你不是躲在人群里祈祷革命胜利的人。这本书，我拿着。为革命而流血是不可避免的，但是你不要随随便便死掉。”我哭了出来，眼泪一滴接着一滴，从唇边渗进嘴里，是咸涩的味道。

“我之前问你为什么要到上海大学来，你说因为上海大学是由国共两党合作创办而成的，你说这里有人想革命、能革命，所以你来了。我知道你不仅想看清当下国家的局势，更不甘做个看客。每个人都知道这是一座红色学府，有理想有抱负的青年从四面八方涌来。所以我也是来‘投身’革命的呀。”我抹了把脸说，“我时常感觉这里好像一座即将爆发的火山——我在上大的路上走着，就能感觉到地壳下面流动着、沸腾着、翻涌着的红色血液。祖国大地满目疮痍，亟须用炽热的岩浆熔化这旧社会，在新的基础上重建家园。我没办法看你们投身革命却无动于衷……革命学校真是名不虚传，我这个娇气鬼也不怕牺牲了。”

模糊的光线中，我看见他笑着说了什么，但是我已经记不得了。

“人生的时候本就轻如鸿毛，但死的时候定要重于泰山。”

当年“文有上大，武有黄埔”的美誉能出现的关键在于上海大学自身的发展，也离不开每一个上大人的努力。

毛主席说：“世界是你们的，也是我们的，但归根结底是你们的。你们青年人朝气蓬勃，正在兴旺时期，好像早晨八九点钟的太阳，希望寄托在你们身上。”这是对我们青年的谆谆教导，这句话现在再提起，还是那么铿锵有力！

他们从上海大学走进新中国，我们从上海大学走进新时代。新时代没有生死博弈，也没有流血牺牲，但是我们离实现中华民族伟大复兴的目标还有很长的路要走，还有很多荆棘坎坷在前面等待我们跨越，但在党的领导下，我们将不惧风雨，勠力同心，不失于勤，不倦于学，努力用自己的奋斗实现中华复兴。

胡适曾言：“人生的意义不在于何以有生，而在于自己怎样生活。”我脚下踩的正是中国的土地，也是上海大学的阶石。每个人的境遇都不同，与其沉湎于空想虚度青春，不如现在就做出正确的选择奋力向前。

中华复兴，当在我辈青年！

# 与平庸相斥　与先辈共同追随星光

吴妤婕

合上《他们从上海大学(1922—1927)走进新中国》,仿佛自己与先辈们的距离不断拉近,更加深刻体会到了什么是赤子之心,什么是自强不息。我不禁感慨:人生或许会经历挫败,但梦想总会如旭日东升,生活有时会满地狼藉,但希望总会如皓月之恒。作为一名新上大人,我们应与平庸相斥,与先辈们共同追随星光。

《诗经·小雅》有云:“鹤鸣于九皋,声闻于野。”上海大学,发轫于闸北弄堂,迁播于租界僻巷,到后来赢得“文有上大,武有黄埔”之美誉,是一座红色学府,也是一所一流大学。在过去,上海大学被革命烈士们以丹心守护、用热血浇灌,安剑平、陈望道、瞿秋白、高尔柏、俞平伯……先辈都在此工作、学习。陈望道先生曾误将墨汁当红糖,废寝忘食使得《共产党宣言》在中国问世,他坚守多年执教于上海大学,呕心沥血、尽职尽责;瞿秋白先生将一生献给革命,赴死前挥笔写下“夕阳明灭乱山中,落叶寒泉听不穷。已忍伶俜十年事,心持半偈万缘空”的绝命诗,他用短暂的一生,谱写了一曲生命不息、战斗不止的凯歌,尽显英雄本色……

在那个年代,上海大学也培养了一批批年轻的、有思想的傲气学生:在五四运动中投身斗争,上街高呼渴望唤醒民众的丁玲;中国现代诗派代表人物戴望舒;文武双全的红军高级将领张琴秋;关心政治,成为最早加入中国共产党的学生之一的王一知;杰出的马列主义经典著作的翻译家张仲实……是他们的奋不顾身让后人享受到了披荆斩棘换来的幸福。

中华民族是一个在风雨中成长的民族，一代代中国人民都肩负起了时代的使命。从古至今，文天祥坚守“臣心一片磁针石，不指南方不肯休”；苏武咽白雪啮毡毛，胸怀社稷，心如铁石坚；鲁迅弃医从文，“横眉冷对千夫指，俯首甘为孺子牛”；李大钊鼓励中国青年“以青春之我，创建青春之国家、青春之民族”；陈延年、陈乔年、赵世炎等先烈“捐躯赴国难，视死忽如归”……

而如今，新时代的前辈们勇担前浪的责任：袁隆平院士一生都为“禾下乘凉梦”探索奋斗，有人说：“风吹过稻田，我就会想起你”；张桂梅老师倾尽全力，奉献所有，以怒放的生命，向世界表达中国的坚强；钟南山院士于非典中逆行，于新冠中再出征，国士无双……

新时代的青年追随前辈们的足迹，以青春之我，挥斥方遒。年仅十八岁的陈祥榕烈士写下“清澈的爱，只为中国”，用生命守卫边疆，将生命和青春永远留在了雪域高原；作为中国首位从世界名校毕业回国的大学生村官，秦玥飞用七年的坚守，不仅为村民描绘出希望的蓝图，还带动更多学子投身基层，成为乡村振兴的中坚力量；年轻的医务工作者写下“不计报酬，不畏生死”的请战书，奔赴抗疫第一线，“挽狂澜于既倒，扶大厦之将倾”；在无数航天人的努力下，神舟飞船在浩瀚的宇宙留下更多的中国足迹……

面对一个个考验，广大党员干部、优秀青年不怕险、不畏难，肩负起了历史的使命，用自己的行动沉淀出青春的价值。

然而，狄更斯曾说：“这是最好的时代，也是最坏的时代。”城市霓虹闪烁，街道川流不息，社会的迅速发展带来的不仅仅是生活的便利，大数据、人工智能的使用仿佛将人们困于茧房之中，人们的视野受限，从而丧失全面看待事物的能力。平庸思维不利于现代社会的构建，平庸之恶所造成的危害就在身边：人与人之间的冷漠、校园青年的颓废……

刘瑜曾说：“中国进步不是靠一帮勇敢者去触碰勇气的上限，而是靠普通人一起，一点点抬高勇气的下限。”我们或许达不到先辈们的成就，只能平凡地生活着，但平凡并非平庸，甘于平庸、甘于堕落是可耻的，拒绝平庸才能积淀起生命的厚度。我始终相信，凡人亦可为英雄，凡人亦可摘星辰。

当我们迷茫时，是否应追忆前人的所作所为？曾经的他们选择了逆流而上，选择了乘风破浪，选择了坚守信仰，选择了奉己为人民，选择了摆脱冷气，只是向上走。那如今的我们呢？

我们生在国旗下，长在春风里，我们生逢盛世，我们需肩负责任。我想说：愿中国青年都能摆脱浮躁躺平，发光发热，成为中国的脊梁。

红日初升，其道大光，时代青年，独有其芒。一个民族，有脚踏实地埋头拉车的人，也有仰望星空耕耘星海的人，才是一个向上进取的民族。

韶华不为青年留，青年当志存高远，心有猛虎，细嗅蔷薇。上大的青年啊，且谱写青春年华，追随星光。

# 何为“红色血脉”

邱　滢

入秋，泮池边，凉风拂起书页。彼时，日初落，彩霞生，但见金光洒于书面，红云晕染校园，在光与彩的交融里，我仿佛看到上大的先贤们微笑着缓缓走来，从历史长河里，带来他们的嘱托与期待……

《他们从上海大学（1922—1927）走进新中国》这本载着历史厚度与革命激情的书，已被一页一页翻至末尾，在无穷尽的回味和遐想中，我亦感触良多。开卷之时，还尚未感到震撼，然而全书读毕掩卷深思时，惊觉其已触灵魂之深、探内心之底。

上大乃红色学府，传红色基因，造革命人才。我见书中有一言，曰：“新上海大学以赓续老上海大学红色血脉为己任。”遂思：何为“红色血脉”？于是读此书时，我便于其中寻找答案。

或曰，献身于近代中国的革命事业，虽九死而未悔。

当轰轰烈烈的五卅运动在上海大学策源之际，我们看到：戴望舒满怀激情和热血参加了这场运动，支持进步学生的爱国民主运动，以文执笔安天下，以武上马定河山；何成湘不断向家中寄回革命书刊，向人们传播革命思想，鼓励大家参加革命，积极投身到五卅运动这场声势浩大的反帝爱国斗争中去；何味辛编辑《热血日报》，揭露帝国主义的血腥罪行和军阀政府的卖国行径，尖锐地批评了党内外对帝国主义实行退让妥协的谬论；雷晓晖积极组织和发动妇女运动，组建了“重庆各界妇女联合会”，把重庆的妇女运动推向了新的高潮；李逸民在党的领导下，南征北战，屡经考验，于国民党狱中挥笔写下“劝君莫为青春惜，将见世界满地红”，恰印证了他为共产主义理想奋斗到底的平生信念；杨之华和战友们在狱中相互砥砺，坚持斗争，表现了中国共产党人不屈不挠的革命意志和崇高气节。

或曰，致力于民众的思想启迪，传播马克思主义。

民主革命时期，邵力子和于右任一起通过办报来进行革命宣传活动，鼓动学生在上海开展反帝爱国运动，《觉悟》亦成为上海宣传革命和马克思列宁主义理论及思想的一个重要阵地；施存统常常到工人中去讲社会思想史，提高工人的思想认识和觉悟水平，还曾撰文参加了国内关于社会主义问题的论战，宣传马克思主义；高尔柏、高尔松兄弟二人在上海开设书店，从事译注和出版事业，书店虽两次遭查封，但他们仍坚持一贯宗旨，努力介绍社会主义经典著作；《社会主义史》的翻译者李季，亦在上海大学为传播马克思主义作出了巨大的贡献。

红色血脉源远流长，从不曾褪色，从上海大学走出的这些英烈先贤们，在上大这个“革命大洪炉”里沸腾了他们滚烫的热血。多少载与黑暗艰险的斗争，让一些宝贵的生命定格在了奋斗的途中，但却永远无法磨灭他们坚如磐石的信仰，终于，在不懈的抗争与顽强的奋斗中，走出了属于中国人民自己的康庄大道！而与此同时，那延续着的红色血脉亦已穿越了历史时空，走进了新中国……

新中国成立后，他们致力于发展新中国的各项事业，孜孜不倦，薪火相传。戴望舒担任国家新闻出版总署国际新闻局法文科主任，从事编译工作；傅东华担任中国文字改革委员会研究员，狠下工夫研究文字学，为扫盲工作作出了巨大贡献；顾均正致力于创作科普作品，促使青少年读者通过阅读对中国古代的科技文化产生自信和热爱；吴梦非被推选为全国音乐家协会杭州分会执委兼秘书主任，以毕生精力推动我国美育理论的发展，促进我国近代艺术教育的全面开展；万古蟾放弃了在香港的高薪，怀着满腔热情，于1956年从香港回到上海，充分发挥艺术才能，为中国动画片事业奉献一生；丁玲和丈夫陈明将补发的工资捐献出了1万元，用于农村生产建设，在晚年，丁玲不顾体弱多病，热情地为新中国培养青年作家。

从风雨如晦到盛世安康，那些为了中华民族的独立自由和富强复兴而鞠躬尽瘁的先烈们，呕心沥血，筚路蓝缕。一路走来，从上海大学到走进新中国，追随他们的脚步，我渐渐明白了究竟何为“红色血脉”，那就是——对祖国、对民族、对人民深入心底的守护与热爱！正如艾青那著名的诗句：“为什么我的眼里常含泪水？因为我对这片土地爱得深沉……”无论是热血溅长戟、横刀向天笑的革命先烈，还是竭力办报刊、启迪新思想的革命先贤，抑或是为新中国事业发展作出巨大贡献的作家学者，他们都始终将国家、民族的利益放在首位，心系祖国命运，记挂人民的安危，而这，正是“红色血脉”的精神内核之所在，无论岁月如何更迭，上大的红色基因亘古不变，红色血脉将永远流淌。

如今，“继承红色血脉，传承红色基因”仍然是每一个上大学子的使命所在。和平年代里，我们虽不用像先烈们一样以鲜血破荆棘，但新的时代，风云际会，变幻莫测，我们自当继承和发扬革命的光荣传统，在上大努力地充实自己的学问，锻炼过硬的本领，开出真才实学的花，为中华民族伟大复兴结出累累硕果！

# 十指铮铮荆棘破　百年上大薪火传

蔡　彤

百年风华，筚路蓝缕，华夏儿女，志气不懈。一个个伟岸的身影，屹立在新中国宏伟追梦的蓝图之上，遍布于上大历史的闪烁光辉之中。他们满怀坚定的信仰、爱国的赤诚，满怀华夏儿女的民族使命感，掀起革命的巨浪，掀起新中国的潮声，唱响一个伟大民族的复兴之歌。

他们走在雨巷，他们化身高飞的鸟儿，他们衔一支从古而来又蕴含新生的文艺之枝，鸣唱最激荡、最缱绻、最深刻的新中国之歌。左手，是革命人的铮铮烈骨，是华夏儿女的民族情怀，是面对外敌的傲气，是对信仰的绝对坚守；右手，他们是诗人，是艺术家，是千万美的汇合，是古往今来这个特殊时代的宠儿。左右相携，他们谱写出这个时代特有的篇章，美而傲，学贯中西而不失华夏内核，将华夏的艺术唱成新时代之歌，将新中国之路用一笔一画谱写造就。

他们是国民的父母亲，他们是繁复时代的瞭望者，他们肩上是人民的重担，他们心里是民族的声音。无畏名声财富，无畏列强枪炮，无畏社会险杂，他们愿将自己化作利刃，刺向人民的对立面，永远守护人民的身影与阵线，他们愿在四面楚歌的枪林弹雨中，成为一名守护者。他们从上大起航，开启一生革命的试炼，他们怀着特殊的精神、出众的本领，冲向时代的最前线发出革命的呐喊，发出民族的声音，坚韧不屈，永不言败。

他们手里是笔，脑中是数不清的公式，心底是勾画已久的“精密武器”，御守在华夏儿女的身前。他们不言不语，他们埋头苦干，他们远离战场，却用笔尖，绘出了一个民族的底气。他们是那个时代的先知，是这个时代的伟人，他们被留在教科书里，珍藏在每一个上大人的心间，国之所需，即是他们一生的事业。他们信奉着简单赤诚的原则，他们用自己的方式堆砌出民族走向伟岸的地基。

上海大学是他们共同的起点，民族复兴是他们共同的目标，华夏儿女是他们共同的牵挂，革命之火是他们共同的事业。他们从上大扬帆起航，看到了深重的民族苦难、家国灾祸，于是奋不顾身冲上了战斗的最前线，为了民族与华夏奉献出自己的所有。恰恰是一位位如斯伟人，创造了新中国的辉煌，奠基了民族的复兴，更是他们，铸就了上大，铸就了上大精神，铸就了上大学子代代传承不息的共同信仰与追求，铸就了刻入每一位上大人骨髓的民族责任与历史使命感。

时光荏苒，薪火传承，今天的中国在先人的奠基中走向辉煌，今日的上大在前人的丰碑之中夯实前行。上大与革命的新中国息息相关，上大与中华民族的复兴骨肉相连，大国与小我共荣辱，小我与大国共存亡。伟人们铸就了上大与新中国，今时今日，闻者澎湃；上大人在新中国再创辉煌，继往开来，奋斗不息。手里是笔和纸，心里是校和国，一份穿越百年的共同使命将我们和先人紧密联结，打开这本《他们从上海大学（1922—1927）走进新中国》，在一场跨越时空的交谈中，道出这百年的不易，把一份份属于上大人与中国人的骨血魂魄融入生命，成为一生的信仰。

来路迢遥，初心不改，英雄不畏，我辈共勉。在崭新的时代里，在青春年华中，我们与上大相遇，奋斗有我，使命在肩，上大伸出他的红色之手，带领我们在光辉道路上前行，永远朝着民族复兴不懈奋斗，守正创新，发挥青年风采，一如当初奔赴革命前线的先烈们，交出自己在新时代的答卷，勇担使命，传承精神。将爱党爱国落到实处，以自强不息传承中国精神，脚踏实地，埋头学习，永远铭记先贤的教导。作为新时代的大学生，我们更应全面加强个人综合素质培养，积极学习专业知识技能，培养科研能力，日后在自己的岗位上与工作中不懈奋进，为中华民族伟大复兴尽自己的绵薄之力。

我们书写他们，我们铭记他们，我们赞颂他们，我们踏着他们的足迹继往开来，承接过他们肩上的民族使命，挑起上大学子的百年火炬。他们从上海大学走进新中国。我们站在他们肩上，走进上大，奏响属于上大人、属于华夏儿女的新时代凯歌。

# 学界的传承

吴 欣

在学界，何为传承？

时间回转至百年前……

翻过《他们从上海大学（1922—1927）走进新中国》的最后一页篇章，我又回到了目录，不由得心生思考：

是学习前辈们“路漫漫其修远兮，吾将上下而求索”般孜孜不倦的精神？是磨炼前辈们“宝剑锋从磨砺出，梅花香自苦寒”般坚韧不拔的意志？是树立先辈们“修身、齐家、治国、平天下”般远大的抱负？

扫视目录里的每一个名字，均是历史，从“中国现代科普界的前驱——顾均正”，至“百岁革命老人——黄玠然”，再到“杰出的马列主义经典著作的翻译家——张仲实”，无一不是中国革命事业的推动者，新中国建设的贡献者，中华民族复兴的践行者。他们在不同的领域，传承着相同的血脉；他们做着不同的工作，却有着相同的信念。他们有一个共同的名字——“上大人”。

而我们，也是上大人。

跨越百年，回望历史，岁月变迁，故事不再重演，但精神仍在延续。

1925年，震惊中外的五卅惨案的枪声响彻上海的天空，中共中央召开紧急会议，决定出版《热血日报》，由上海大学的何味辛等三位教授担任编辑，何味辛在《热血日报》的编辑出版中为党的宣传事业作出了自己的贡献。

在四一二反革命政变后，与党组织失去联系的这段时间里，何味辛上下求索，翻译了报道俄国十月革命的《震天动地的十天》，发表被称为“文艺大众化的成功作品”的小说《柴米夫妻》,编写了《抗战国语》等抗日书籍。何味辛是一名上海大学的教授,更是一名共产党员,文字是他与党交流的纽带,也是他鼓励上大学子的源泉,至此,上大与中国共产党已是不可分割的统一体。

在学界,何为传承?吾将上下而求索,为了精进技艺,为了构建思想的蓝图,为了参与国家的建设。

俄国十月革命之后,马列主义在中国迅速传播,无数知识分子投身马列主义,探寻中国救亡图存的新出路。

来自上大的张仲实便是中国马列主义传播史上重要的一员。他求学于导师李季,通读他的著作《社会主义史》《通俗资本论》,并在之后远赴苏联留学,为之后的翻译事业而如饥似渴地学习俄文。回到上海后的他,开始从事进步文化活动和马克思主义理论传播工作,先后出版《中国农村》杂志、恩格斯的《社会主义从空想到科学的发展》等,翻译出版恩格斯的《费尔巴哈论》等,在马克思主义理论研究和宣传方面作出了杰出的贡献。

在学界,何为传承?是努力建设国家后又诉诸于本身。

时间又回转至百年之后……

“青云里”已成历史,上大路即将开启新的篇章。但“文有上大,武有黄埔”的美誉余韵犹存。从上大起步的一代代学子,在动乱的时局中,从未自乱阵脚,在夹缝中将他们的汗水挥洒在了各自的领域,成为新中国成立的“助推器”。上大文化不因外界而中断,“断代史”终究成了“编年史”。薪火相传,绵延不息。

前辈们从上大走进新中国,我们在新中国走进上大。他们是我们的榜样,我们是他们的未来。如今的我们生活在崭新的时代,生活在屹立于世界的中国。虽然我们和前辈的处境不一样,但是我们和前辈的夙愿是一样的。

我亦可知:拼搏、传承和塑造依旧是每一位上大学子的责任。我们是他们在学界的传承,身负红色基因,以不懈奋斗助力国家的进步,再以国家的进步促进自身的成长。我们始终都不是一个人前行,纵使一路荆棘,上大给予我们的利剑,定能助我们披荆斩棘,创造人间芳华。

上大的学子,伴着晨曦出发吧,上大在成长,你我也在成长。

# 鹤鸣于九皋　声闻于野

戴　晶

回望百年前的中国，风雨如晦，山河破碎，社稷飘摇，强敌环伺。有那么一群人，他们怀揣着“我以我血荐轩辕”的壮志，冲锋在实现共产主义理想，建立人人平等的新中国的路上。这条长征路，为了使命，为了担当，为了热血，为了人民，为了国家，为了更好的时代。

他们再遍体鳞伤，也绝不会倒下！他们再迟疑无助，也仍不失肩担！他们再渺小平凡，也坚信薪火代代相传！

王超北，毁家纾难为革命，十年虎穴历尽艰辛，搜集敌情贡献卓越；钟复光，不畏山前山后，荆棘丛丛，亦不畏山左山右，豺狼阻道，沿长江到各地说明五卅惨案真相；李逸民，投笔从戎，南征北战，即使在国民党威逼利诱、严刑拷打的险恶条件下，始终坚定“劝君莫为青春惜，将见世界满地红”。他们的足迹如星星之火，同其他在上海大学任职任教和学习过的先烈一起，用生命燃起熊熊烈火，点亮了中国革命的道路。

他们用理想、奋斗和不凡诠释了什么是“自强不息”，什么是“先天下之忧而忧，后天下之乐而乐”。正如尼采在善与恶的界限日益模糊，一切坚固的东西都烟消云散，信仰沦于虚无的时代，高呼：“人是一根系在动物与超人之间的绳子。也就是悬在深渊上的绳索。”这些革命先烈也在祖国满目疮痍、积贫积弱、人民蒙难的时候，高呼着：“为有牺牲多壮志，敢教日月换新天！”他们用牺牲与奉献，成就了上海大学的光荣，也推动着新中国的发展。

百年后的今天，在党的领导下，全国人民团结一致，医护空降各地，八方物资驰援，来自不同地区，不同岗位的人们奋力接力，阻止了新冠病毒的肆虐；无数奔波坚守的身影和无数“家给人足，四海之内无一夫不获其所”的夙愿照亮了雪域高原、戈壁沙漠、悬崖绝壁、大石山区的每一个角落，迎来了每一个人的春天……

当然，这一个个宏大的成就背后也有着平凡但怀揣着高远信仰的上大学子的努力。2019届校友胡义肩负起自己的职责，义无反顾，他肩扛手提运输物资，为全体医护人员和病人做好日常饮食保障；2016级校友白梦梦为了建设祖国更美好的明天，投身新疆，诠释了什么是“到西部去、到基层去、到祖国和人民最需要的地方去”；留学生阿利耶夫始终追求成为文化交流的桥梁，以编纂出第一本汉语和阿塞拜疆语的双语词典为目标。

他们，只是一个个在平凡岗位上默默奉献的普通人，但也正是无数个和他们一样的个体，汇聚成了时代的洪流，推动着历史的车轮滚滚向前。“鹤鸣于九皋，声闻于野。”这句话没有那么沉重，也没有那么高远。不过是每一个平凡人，认清自己的身份，承担起自己的那一份责任。

华夏大地走过混沌，走向华章。中国共产党，历经百年沧桑，仍迎风翱翔！这一路来，有风雨兼程，有翻山越岭，但每一个人的坚持，让历史终不辜负潜沉的力量。

而我们，在祖国的怀抱中长大，见证着祖国的繁荣昌盛。但越是在和平的年代，越是要珍惜来之不易的幸福。我们不能忘记百年前的苦难与耻辱，要知道，只有祖国更加强大，才能让中国人民过上世代幸福安康的生活。

上海大学的历史是每个上大人宝贵的精神财富，是我们精神的共鸣，也是责任的延续。“有一分热，发一分光。就令萤火一般，也可以在黑暗里发一点光，不必等候炬火。”这是我们虔诚的信念，我们固然只是众多人中的一分子，但我们也拼尽全力，尽我们所能，看到不平事就发声，看到黑暗就点亮烛火。我们为的是祖国，是更好的时代！

“人生海海，潮落之后是潮起。你说那是消磨、笑柄，罪过，但那就是我的英雄主义。”我们都为了心中的那份热血澎湃的爱国情怀，去拼搏，去成就更好的自己，成就更好的祖国！

“鹤鸣于九皋，声闻于野。”愿我们每一个平凡的自己，都承担起自己的责任，实现自己心中的那个“真我”！

# 金龙出海　翱翔九天

穆雨涵

伟大领袖毛主席曾说过:“虎踞龙盘今胜昔,天翻地覆慨而慷。”豪情万丈的词句回荡在空气中,激昂壮烈的故事回荡在我的脑海。我想起了那个风云激荡的年代,我想起了那些英雄先烈——他们从上海大学走进新中国。

“我一歌兮歌声扬,碧血千秋叶芬芳。”时代的不易越发激起少年们的热血。上海大学作为一座红色学府,不仅给青年提供了施展拳脚的平台,更培养了青年的心志,让他们更为坚定地走自己的道路。他们在不同的领域、不同的岗位以不同的方式为新中国作出了贡献。

“少年意气强不羁,虎胁插翼白日飞。”王稼祥于1925年到上海大学附中学习,担任学生会主席。他有顽强的毅力,1933年遇空袭受重伤后在没有麻药的情况下历经八小时手术,胜过关公刮骨疗毒。他也是一位学识渊博的学者,被人称作“二十八个半布尔什维克”。文涛与武略并存,他为新中国作出巨大贡献。“苟利国家生死以,岂因祸福避趋之。”沈雁冰选择以笔为枪,用文字唤醒国人的灵魂,《幻灭》《动摇》《追求》就像迷途中的一盏明灯,为青年指点了思想的迷津,茅盾文学奖又为多少人树立了奋斗的目标。“南国诗人”田汉,他创作的歌词就像奔涌的长江,富有力量和对祖国的热爱,《义勇军进行曲》那激昂的歌词给了多少中国人与敌人抗争到底和为祖国奉献的精神动力。

这些精神就像绳索,将我们的心紧紧联系起来,无论是过去还是现在,先辈们的精神被所有上大人时刻铭记着、传承着。“把教的创造性留给老师,把学的主动权还给学生”，叶志明老师坚守高校教学一线工作四十年，秉持开放的教学理念，坚持为本科学生授课，深受学生欢迎。他开创的“土木工程概论”课程体系获国家级教学成果二等奖和上海市教学成果一等奖。叶老师对于学生的学习与生活同样关心。他开设师生交流热线，坚持回复老师学生的来信。叶老师的兢兢业业不正是对先辈们精神的传承与发扬吗？“小我只有在大我中才能绽放光彩。我相信，我们将来在国家需要的时候一定能够站出来、顶得住，也一定能够成长为民族脊梁、中坚力量。”这是李东益学长在上海大学2020年毕业典礼上接受上海教育电视台采访时说的话。作为上大人，我们是否对学长说的话感觉有一些熟悉？这不正是钱伟长老校长“国家的需要就是我的专业”理念的传承吗？精神的传承就像一条河，它有时澎湃有时细润，但是它不会枯竭，它会一直一直流淌下去……

“九霄龙吟惊天变，金鳞岂会潜水游。”随着时代的惊天巨变，他们在如此不易的年代从上海大学走进新中国，将自己投身于新中国建设之中，那么今日的我们，出生于国旗下，成长在春风里，在这个平和的时代中，我们更应该学习先辈们的精神。柏拉图曾经说过：“人不仅为自己而生，而且也为祖国活着。”或许和平年代的安逸会把一些年轻人迷惑住，使得他们不小心就沉迷于灯红酒绿之中；或许有的人认为现在祖国已经不需要自己的付出了；或许有人认为自己对国家大事无能为力。但是，巴金曾经说过：“我们的祖国并不是人间乐园，但是每一个中国人都有责任把她建设成人间乐园。”如果她还不够好，我们就做好我们该做的事情，在自己的领域上建设自己的祖国；如果你觉得她够好了，那我们不应该让她更优秀吗？总之，迷失自己或者是选择逃避都不是正确的做法。如此好的时代，我们正是初生的绿叶，清晨的阳光。“万里碧霄终一去，不知谁是解绦人”，我们是祖国蓬勃发展的希望。身为一个上大学子，身为一名踌躇满志的中国青年，我将立志于奉献我的青春与汗水，努力奋斗，为祖国屹立于世界之林尽一份力。

“红日初升，其道大光。河出伏流，一泻汪洋。潜龙腾渊，鳞爪飞扬……”我仿佛看到了一条金龙，它从深海一跃而出，金色的鳞片在红日下闪现出琉璃般的光芒，浅蓝的浪花是它最好的点缀。它一跃冲天，穿透云层，俯瞰天下，清越的龙吟声悠悠回荡于天际。我眯了眯眼，再眯了眯眼，我好像看清楚了——那是我们的祖国。

# 承红色基因　筑美好未来

孟晨煜

掩卷浅思，思属风云。回望千秋伟业，恰是百年风华，从《从上海大学（1922—1927）走出来的英雄烈士》到《他们从上海大学（1922—1927）走进新中国》，再到蒸蒸日上的上海大学以及蓬勃发展的新中国，时过境迁，往事已随风而去，但那奋斗的精神、那红色的基因永留世间。

那是风雨如晦、动乱不定的时代，中国社会如同海上浮舟，漂泊不定。一批批年轻人挺身而出，他们铭记文天祥在英勇就义时发出"人生自古谁无死，留取丹心照汗青"的豪迈；他们不忘王昌龄"但使龙城飞将在，不教胡马度阴山"的坚定；他们深受林则徐"苟利国家生死以，其因福祸避趋之"的感召；他们秉持"位卑未敢忘忧国"的信念，敢为人之不敢为，敢担人之不敢担，"挽狂澜于既倒，扶大厦于将倾"；他们深信所谓英雄主义，就是认清现实后仍能坚定信念挺身而出。他们从上海大学走出，发出自己的光，照亮中国前进的道路，他们中的一些人虽未能看到五星红旗在天安门广场升起，但他们永远不会被忘记；他们中的一些人走出上海大学，在中国共产党的领导下，胸怀伟大梦想，聚涓滴之力成磅礴伟力，走进了憧憬已久、朝气蓬勃的新中国。俱往矣，望今朝，时值百年未有之大变局，正遇船在中游水更急的时代，我们在这时走进了上海大学，开启了人生新篇章，吾辈新上大人更应承红色基因，助建美好中国。

君子前仆后继，家国情怀于骨髓中滚烫。一位位英雄从上海大学走出，在不同的激流中奋力前行，最终汇聚成新中国的奔涌之势，铸就希望与辉煌。

大江流日夜，慷慨歌未央。一路星移物换，一路跌跌撞撞磕磕绊绊，历史大潮，浩浩汤汤，时代列车，急速奔驰，一代人来一代人去，辉煌的背后总有一批奋力的革命者和建设者，走过平湖烟雨、岁月山河，那些历经风霜、尝遍百味的人，更加生动鲜活，更加令人铭记，他们从上海大学走进新中国，走进新征程，于新时代的坐标中，演绎自己的人生剧本，书写自己的人生故事。

流云秋风金黄，月落舟窗，歌一曲文化的笙箫。戴望舒在上海大学求学时，深受魏尔伦的影响，形成了自己别具一格的诗风，也求知于马克思列宁主义的门径，塑造了坚定的思想，并以笔为枪，推动革命进程。丰子恺先生以己之智沐浴了众多学子，且为中央机关刊物设计封面插图，激励革命青年去射一只“矢志”箭到“红色的五月”之塔上。上海大学教授中最早的中共党员之一沈雁冰先生以其丰厚的知识积累，滋润学生，启迪心灵，之后勇敢投身革命，积极救济百姓，发扬世界被压迫民众团结精神。他们是文化的传播者，是学生的启迪者，亦是新中国的建设者。

聚自漫天星火，星河璀璨，揽一束进步之光。何成湘凭借其爱国情操和不染尘垢的品格，获“人间英杰蜀中才，领导群伦胆气开。廉洁忠贞高品格，光明磊落扩襟怀。中枢权位兼文武，大政方针佐决裁。千秋勋名垂史册，天官家世兆将来”之称颂。谢雪红生于台湾，受“台湾文化协会”的深刻影响，后又在上海大学接受共产主义思想洗礼，创台湾民主自治同盟，出席开国大典，促进新中国发展。杨明轩被毛主席称赞为“西北地区共产主义新思想启蒙运动中”“最先进最英勇的战士和旗手”，是“陕西青年的伟大导师”，他从上海大学中学部主任到新中国全国人大常委会副委员长，跟随新中国步步前行。他们是新中国的铸造者、发展者和建设者。

揽星光淬火，借晨露微雨，让自身的力量与中国之势扶摇万里。从上海大学走进新中国的他们，有致力于学术研究的俞平伯、罗尔纲，亦有钻研马克思列宁主义的张仲实、沈志远，还有为中国培养人才的各位校长，如复旦大学校长陈望道，南京大学校长匡亚明，以及同济大学校长薛尚实。

乱云飞渡，惊涛拍岸，时值中国共产党成立100周年。回首百年，矗立的是一座肃穆的丰碑；展望百年，腾飞的是民族复兴的中华。为了让中国人真正站起来，是他们从上海大学走进新中国，执觉醒之心，倚坚定之志，救民族于水火。

红色基因如三山五岳，巍峨屹立，如五谷丰收，养育万方，从上海大学走进新中国的他们继承着革命者的精神。是红色基因的继承，让他们在漫漫黑夜中找到前行的方向；是红色基因的继承，让他们转变观念，寻找救国建国良方；是红色基因的继承，培育了一个个国之栋梁，为新中国的建设添砖加瓦。这红色基因，能够在国家面临难题时提供动力，在前路不明时指路领航，在发展强大时高屋建瓴。

“人是一根能思想的苇草。”帕斯卡尔如是说，斯言诚哉，是先进的救国思想照亮了中国的方向，百万年前，或许是河边饮水祖先一个思想火花的产生，诞生了人类纪元；七十多年前，是那救国思想的闪烁，造就了新中国；而现在，纵然往事越千年，换了人间，但红色思想的进一步传承，定将开创一个更加辉煌的中国。

再黑暗的夜空也会有璀璨的星河，越是在特殊的时刻，越能照射出人性的光辉，而这光辉的缔造者正是这些传承红色基因的人民英雄。疫情突袭时，一批批白衣战士挺身而出，眼角斑驳闪着毅然决然的神情。不曾忘，钟南山耄耋之年临危受命，奋战于疫情一线，胸怀天下，国士无双；不曾忘，请战书上一枚枚红色指印“不计报酬，无论生死”，写满了铿锵有力的气宇轩昂；不曾忘，风华正茂的女孩褪去华裳，剪短青丝，坚守战场，一袭白衣遮不住灵魂的红妆。他们何曾不知疫情难料，生死茫茫，可国难当下，血脉滚烫，他们眼中只有啜泣的病患，呻吟的国土。他们有的是对红色基因的传承，他们是新时代的战士，是建设美好中国的接力者。

天地一股浩然气，不随江海作泥沉。当今仍是“革命尚未成功，同志仍需努力”的时候，但处处闻花香，处处见春色。昔有公孙鞅“治世不一道，便国不必法古”的变法，今有改革开放伟大决策，不变的是对富强繁荣的追求；昔有西南联大“中兴业，须人杰”的悲壮校歌，今有兼容并包的开放思想，不变的是对启迪民智的追求；昔有鉴真“山川异域，风月同天”的东渡之行，今有“一带一路”对外开放，不变的是对和谐共处的追求。我们上大人应该矢志不渝地传承红色基因，志存高远，心有信念，燃起明灯，不负青春，不负梦想，不负韶华，不负此生辽阔。我们应该坚信胸中有丘壑，立马振山河！愿吾辈新上大人以尘雾之微补益山海，以萤烛末光增辉日月，助力中国发展。“俱往矣，数风流人物，还看今朝”！

静待时光流转，多年后的某一天里，春和景明，波澜不惊，身为上大人的我们一同回忆走过的路，看中国的大好河山，将对明天的期盼娓娓道来。

潮平岸阔，风正帆悬，前方春光正好，追云赶月莫停留！

# 第三章

# 向未来处眺望

# 赓续先辈志　毅然传薪火

刘羽涵

“有一分热，发一分光。”他们挣扎于风雨飘摇的时代，却怀揣照亮山河之志；他们身处于上世纪初期的上海大学，却有着叱咤风云之勇。他们从上海大学走进新中国，穿越历史风尘向我们走来，传递光热，赓续薪火。

这是我从书中读到的，也是我掩卷后心情难以平复的原因。文字因为先辈热血变得鲜活，仿佛能够传递音画，直抵心灵。“文有上大，武有黄埔。”于是，我看见瞿秋白先生在坑洼不平的黑板上奋笔疾书，听见邓中夏先生于三尺讲台上言辞澎湃。还有太多如他们一般的“红色教授”，以字字铿锵与激情澎湃成就上大济济英才。他们能授教于学堂，亦能扛枪上战场。他们守护着红色的上大学堂，亦保卫着一方红色的土地。山河破碎之中他们明明什么都没有，却持着一腔孤勇与壮志豪情书写下动人历史。“北有五四时期之北大，南有五卅时期之上大。”百年来，上海大学不愧于美誉，上大学子亦不负先辈热望，赓续先辈志，毅然传薪火。

初为上大学子，读完《他们从上海大学（1922—1927）走进新中国》，心中竟自然而然地生出自豪感与归属感。近年来，习近平总书记教导我们：“学史明理、学史增信、学史崇德、学史力行。”回首过往，我们看见党百年光辉历史里镌刻的红色精神熠熠生辉。合上书卷时，我更加真切地体会到我与那些“红色人物”有着另一种更为亲切的联系——同为上大人！他们从上海大学走进新中国，无惧黑暗，热血满腔；而我们，从上海大学走向新时代，亦应不畏险阻，逐梦远航。

“知所从来，方明所往”，吾辈当铭记历史，不忘初心。近年来越来越多历史题材的优秀影视作品登上荧幕，继电影《八佰》后，《长津湖》票房再创新高。了解历史成为越来越多国人的共识，一如影片《长津湖》中所言：“我们把该打的仗都打了，我们的后代就不用再打了。”先辈之志，是保卫家国不忘初心；先辈之愿，是盛世和平国泰民安。吾辈身处于和平盛世——这个先辈们用血和汗拼来的盛世——亦当不忘历史，铭记使命，赓续先辈之志，守护这盛世太平。

“位卑未敢忘忧国”，吾辈当以拳拳爱国心，成就有色青春。五彩斑斓的青春是富有朝气的，而红色的青春书写的是家国大爱。遥想新中国成立之初，有多少年轻的身影躬耕于文坛，多少青年投身于祖国科研国防大业。那个物资匮乏的年代，他们怀揣满腔爱国情，为祖国事业注入青春热血。他们或许来自社会各个角落，或许一辈子默默无闻，或许不得不隐姓埋名……可是我知道一定有这么一群人，值得被铭记、被敬畏，可能他们当年与你我一般年纪，可能他们的名字与模样已然模糊不清，可我感激他们，因为他们让我看见了真正的青春，是红色的；真正的中国青年，是倾尽一切去热爱祖国的。

“青年当有朝气，敢作为”，吾辈当以小我铸中华，行动乘年华。令人欣慰的是，今日之中国，依旧有青年一辈如烛火，勇于担当国之重任。疫情当前，万千白衣共赴国难，其中不乏如你我一般年纪的青年，穿上白大褂，治病救人；全球化之下，中国青年的身影日渐频繁地出现在世界性论坛之上，谈吐大方，展现最美青春中国。或许你我只是在某个校园中不起眼的一员，但从现在起，我们能以学识、以能力、以热情去行动，去展现内心深处对祖国的情感。青年者，应为担当民族复兴大任而不懈努力，应当成为胸怀热血的时代新人。

红色百年，青春向党。他们从上海大学走进新中国，我们从上海大学走进新时代。我们有着一样的身份——上大人；我们有着一样的梦想——民族复兴；我们身处于两个时空，但我们都是坚强不屈的中国青年。“惟有民魂是值得宝贵的，惟有他发扬起来，中国才有真进步。”鲁迅先生斯言不谬，吾辈当不忘红色精神，发扬青年风采；赓续先辈志，毅然传薪火！

愿这盛世如先辈所愿，愿我中华繁荣富强！愿那红色薪火久久相传，生生不息！

# 揽月碎星　直触滚烫灵魂

魏　菱

掩卷《他们从上海大学（1922—1927）走进新中国》，只觉心中豪情万丈、激情满怀。我的思绪冲破时光的束缚，直抵百年之前，我看到同为上海大学学子的他们，以个人之躯肩负起时代重任，高举着足以点燃每一个中国人灵魂的火把，在时代的泥潭里艰难前行，虽途远路艰，仍不忘初心；我看到了一个个满怀希望的青年，满心满眼皆为赤诚，为天地立心、为生民立命；我看到了一个个滚烫的灵魂，纵然已在时光长河里游弋多年，仍熠熠生辉。

时光无情然岁月有痕，百年光阴急遽而过，泮池边的芦苇俯身低语着，早已道尽了百年沧桑，但我们仍难以忘记、不敢忘记，那一个个滚烫的灵魂。

千亩红浪在上海大学翻滚，党的精神早已浸透了这座红色学府。“青年热血的大侠魂精神，不图于此残风苦雨之夜，湫隘昏暗之室中见之。”纵只短短一句话，中国孤星社处境之艰难便可见一斑。当五卅运动在上海以惊雷之态震醒昏昏欲睡的中国人之时，安剑平乘着巨浪，站在时代的风口浪尖以文人的身份为这一历史性事件提供声援，并一力打造了“大侠魂”精神，鼓舞了之后的无数青年，让更多人看到了上大人的风骨！陈望道的一生便如其名一般，一直走在追望的大道上，作为中国共产党的早期创始人之一，自从将马克思主义刻入脑海之中便再也没想着抹去，并始终坚持以革命的要求去培养每一位上大学子，在无数上大青年的心里埋下了红色的种子，也鼓舞着我们这代后辈们继续传承百年红色校史的万般风华。

“君不见走马川行雪海边，平沙莽莽黄入天。”上海大学不光有人在精神领域高举火把，照亮人们的思想之途，也有人在沙场驰骋，在血与火的洗礼中淬炼着上大人的铮铮铁骨。在那间潮湿阴冷的牢房里，有这样一位青年，始终充满着革命乐观主义精神，十年囹圄，十年磨炼，十年不见天日的苦行，也没有磨灭他对中国共产党的拳拳忠心，反而更加坚定了他为革命理想坚持不懈奋斗的决心，展示了他作为上大人的气节，他就是新中国公安部队的开国少将李逸民，曾以诗句“劝君莫为青春惜，将见世界满地红”明志的铮铮男儿！

“皎皎白驹，在彼空谷，生刍一束，其人如玉。”在这座红色学府中亦有如兰如玉般的君子，他们以文为引，以诗为语，将那个时代娓娓道来。一位君子自历史中向我们缓缓走来，早年的他因深陷时代泥潭而悒郁难抑，创作出了诸如“说是寂寞的秋的清愁，说是辽远的海的相思。假如有人问我的烦忧，我不敢说出你的名字”这般易碎的文字，而后期的他敢于直面时代的黑暗，用文字反抗现实，他就是令田汉等大家都啧啧称赞的诗人戴望舒。

“休言女子非英物，夜夜龙泉壁上鸣。”上大不光男儿有奇志，女子也不甘屈居人后，个个傲骨天成。既有被文学与革命交织成的藤蔓所缠绕的才女丁玲，亦有为中国共产党的事业奔走的妇女运动杰出领导人杨之华。她们有着如玫瑰花瓣般娇艳柔嫩的脸庞，也有着如钢铁般坚贞不渝的意志，她们就是刚与柔的完美造物。

沧海桑田，世事变迁，斯人已逝，音容犹存。百年来，这世间百般变化，只有天上的月与星静静守望，不曾更改半分。于是我们当代上大的青年，揽着月光，击碎星子，穿越时光长河，与前辈们在春天的泮池边缓步而行，辨析古今；与前辈们伴着夏日的蝉鸣声，识尽万物；与前辈们踏着秋天的落叶，倾身细听；与前辈们感受着冬日的暖阳，谈天论地。

百年前，他们也与我们一般年纪，也是意气风发的青年，怀着一颗赤诚的心和一腔经国济民的热血，踏入了这如诗如画般的校园，尽个人的努力为上海大学增添光辉的履历，造就了“文有上大，武有黄埔”的佳话。百年之后，同样的地方，不同的人开始了不同的故事，一个个青年怀揣理想从五湖四海汇聚于此，也在书写属于自己的锦绣篇章，立志不负“北有五四时期之北大，南有五卅时期之上大”的美誉！

“雄关漫道真如铁，而今迈步从头越。”我们有幸身处这样一座有着深厚红色底蕴的学府，哪能不自豪？我们能够在泮池边漫步，看着这座充满活力的校园，听着上大人振聋发聩的声音，完全没有理由再停步不前、不思进取了。我们必须时刻谨记自己肩负着的时代使命，时刻谨记上大“自强不息”“先天下之忧而忧，后天下之乐而乐”的校训，在阳光下奋力奔跑，去紧紧抓住一闪而过的流星，去背负起闪闪发光的灵魂。

青春虽然短暂，但如同流星一般，在它划过夜空的一刹那，已经绽放出了最美的光华！“非学无以广才，非志无以成学”，因而我们更不能虚度，要在上海大学殷切的目光注视下，在滚烫灵魂的感染下，一步步坚定地走向未来，走出属于我们新上大人的光辉大道！

# 从“雨巷”走进“康庄”

张蔓昱

这些日子里上海总是飘着小雨，也不急，细细密密的，打在泮池旁的草木上，又于叶尖凝出颗晶莹的水珠来，轻轻颤两下，就落进泥土里。

撑着伞走在步履匆匆的人群中，不知怎的想起课文中戴望舒先生的《雨巷》一诗。

还记得尚且稚嫩的我坐在课堂里，从老师的口中了解二十一岁的戴望舒如何将他对革命前途的不解与迷茫以及心中对光明未来的渴望与憧憬，化作那条寂寥的小巷与那位丁香般的姑娘，明白诗中的主人公“我”所映照出青年戴望舒心里的郁闷。但我对戴望舒先生，对那段时期的革命者的认识也到此为止，和那位姑娘一样在我的记忆里静默地远去，在繁忙的课业里，消了当时对革命青年处境的担忧，散了心里那种因前辈事迹而燃起的热情，现在想来，当时定也已忘却那“太息般的眼光”了。

三年过去，离了所学所思都是为了那场大考的高中时代，接近了当时戴望舒先生年岁的我，怀着对未来的美好憧憬接到了上海大学的录取通知书，随着它来的便是这本有些特殊的书——《他们从上海大学（1922—1927）走进新中国》。“他们”指的是哪些人？为什么说他们从上海大学走进了新中国？他们又是如何以从上大走进新中国的？满怀好奇与期待，我有些迫不及待地翻开了这本还散发着墨香的书。

这本有着烫金标题的书，更像是一本校友录，温柔地存着念着那些曾以上大人的身份生活的青年；又如同一块纪念碑，刻印下百年前青年为上大作出的贡献；他们在时代的潮流中燃烧的光与亮，更称得上是一篇篇激励人心的演讲词，穿越百年的岁月，仍足以激起无数青年学子心中的热血……发起“中国孤星社”的安剑平、“傲气”的女学生丁玲、《热血日报》的编辑何味辛、首次提出“毛泽东思想”科学概念者王稼祥、喊出“如果干革命的都死了，哪里有今天革命的胜利”的赵君陶……遍览前辈们的英雄事迹，即使是我这样普通的上大学子心里也升起为母校争光荣，为国家谋发展的大志。

而令我又惊又喜的是，我在书中一眼便瞧见了戴望舒先生的名字，那首本以为忘却的《雨巷》又穿云拨雾般从记忆深处映入眼帘。上海大学，竟让我同这位我十分喜爱与敬重的诗人有了校友这样一层深厚又亲密的关系。抚过书页上他的名字，我仿佛能窥见1923年，十八岁的戴望舒先生，那位风华正茂的上大学子，怎样在上大的校园中留下属于他的点点滴滴，怎样充实学识，怎样结交知己……于是在上大的每一处角落，我似乎都能和他邂逅。

这本书让我得以穿越时间的阻隔，以几行文字为载体跨过岁月长河，去到青年戴望舒先生的身边，能在他身侧同他作伴。在上大的课堂，他结识了沈雁冰这样的文学大家；从田汉先生口中，他听闻了对他影响极大的法国象征主义诗人魏尔伦的名字；和施蛰存、李灏等人一起，他成立了文学团体“青凤文学会”。我很喜欢他在启事中写的那句“我们觉得我们正如凤鸟一样地在春木中燃烧”。在我看来戴望舒先生确实是实现了“在春木中燃烧”，他的名字已经同我国的现代诗派紧密地联系在一起，让这三个字不再是普普通通的汉字，而是一个让人提到便会心生赞叹的符号，他的诗作也不是写在发黄纸张的寥寥数行钢笔字，而是跃然于人们思想里，得以震撼人心的音符了。

和戴望舒先生的文学造诣比肩的是他对于革命事业的热情：参加共青团、支持进步学生爱国民主运动、翻译毛主席的《论人民民主专政》……更可贵的是，他并未限足于文学的象牙塔，他用他那极高的文学天赋，写出撼动人心弦的文章，激起更多人心中爱国的热血，引起更多国民的自省与行动。同时我也相信，他这一生中为革命作出的贡献是与上大密不可分的，作为“革命的摇篮”，当时的上大毫无疑问在学子们的心中埋下了一颗颗会因热血浇灌而破土的种子，也给了这些种子探芽抽枝的空间与养料。

于是乎，我对我接下去的四年大学生活生了更多的希冀。

我期盼着能在文学课堂懂得如何将自己闲暇时光里胡乱的所思所想写成一首首小诗，当作装点我生活的彩灯；幻想着能去探索微积分的奥秘，沿着拉格朗日的思维小径略窥无穷无尽的数字世界；念着能根据老师的描述绘出西方世界的色彩，拿起画笔学习莫奈的笔触；期待着指尖得以触碰钢琴的琴键，轻拨吉他的琴弦。我更希望得以遇见如魏尔伦般影响我终生思想高度的领路人，遇见沈雁冰般能畅谈学术的良师，遇见施蛰存般与我志同道合的挚友，可以一起“很愉快很自由地集合了，互助着研究我们所爱的文学”……

我希望能够通过这短暂的四年在心里埋下一颗种子，埋下一颗会为所热爱的执着钻研的种子，会在国家需要时冲破阻碍挺身而出的种子，会让我的心中满怀激情与热血的种子。

我希望我能借助上大自由之氛围，永葆热忱之青年心；得以周游世界，翱翔太空，仍存心中的热爱之火；可以在经历过世俗平淡的柴米油盐后，眼里闪着光地叙述梦想与追求……

我合上书页。

眼前由广阔的星辰大海变为普普通通的书桌一张，耳边那青年革命者为救亡图存发出的呐喊淡去，取而代之的是手指拂过一页又一页纸张的声音，像是上大学子们在钱伟长图书馆的书海中汲取知识时满足的呼吸。

于是我直起身子向四周望去，没见着游行的队伍或者激昂的演讲，只看见面前摆着书籍纸张的一张张青涩面孔，心里是安定的，又多了些莫名的幸福感，我知道，我已经踏在了去往梦想的道路上。

因着先辈们的努力，我们回报祖国施展抱负的地点不再是枪林弹雨的战场。初升的太阳不再是进攻的信号，成了对我们的祝福，夜晚的降临不会再给我们带来黑暗，而成了带来清凉晚风的慰藉。

百年的时光，改变了时代，但不应抹去我们心中对先辈们的尊敬，百年的时光，带走了不再年轻的人们，但不可能带走永远热血澎湃、永远青春激昂的心灵！

此时再回味刚读过的文字，又觉着生了些别样的感悟，便拿了纸笔一一记下，闲时将其打成电脑上的文字，望与更多的上大学子分享这段阅读时的奇想。

# 夫风生于地　起于青萍之末

张紫秦

夫风生于地，起于青萍之末，火燃于野，星起草芥之根。翻开《他们从上海大学（1922—1927）走进新中国》一书，伟大先烈的光辉笼罩了我，带我领略了那个时代的艰难征程，让我对这座红色学府的理解更加深刻。

青春的底色是爱国。百年前，他们大多是与我们年纪相仿的青年，却能在国家危难之际，挺身而出，凭个人星点努力，将这红色染遍中国大地。他们是国家的脊梁，他们以自己渊博的学识，化作一束至纯至强的光，照亮后人前进的道路。“人既发扬踔厉矣，则邦国亦以兴起。”中国何其有幸能有如此众多的英雄先烈，上海大学亦何其有幸能与诸多伟人相连。正如习近平总书记所说：“爱国主义是中华民族的民族心、民族魂。”正是这种爱国精神，让无数中华儿女以肉体之躯赴刀山火海，为民族振兴而前仆后继。

施蛰存说：“我感觉到上海大学是有特殊的精神。”这种精神，体现在上海大学的每一个角落。教授和善而博学，学生刚毅而刻苦，良好的治学氛围，既是对四方优秀青年的吸引力，也是上海大学被称为红色学府的扎实保障。

上大精神，是主持大义，扎根西北的关中哲的声讨；是十年囹圄，十年磨炼的李逸民的斗争；是沉浸文学，翻译经典的傅东华的坚持；是无数上海大学师生以身许国，心系人民的家国情怀。正是无数这样有家国情怀的人，将毕生心力寄托于永恒的爱国事业中，才能点燃星星之火，汇聚成世代相传的火炬；才能不断为祖国的繁荣富强倾注新鲜血液，一同撑起华夏的脊梁，铸就明日的辉煌。

纵使五四惊雷救亡图存的呼号声被一百年冗长的光阴稀释，百年后的我们仍能在中华的血脉里听见那磅礴的心跳。“未惜头颅新故国，甘将热血沃中华。”这是心声，是由四万万国民到十四亿人民的心声。如今，它将在新时代唱响属于新天地的壮歌！

“白眼观天下，丹心报国家。”大潮滂滂，大国泱泱。我多么想乘上这浴火而生的凤凰，做肩负伟大复兴使命的一分子。

上海大学虽曾遭国民党反动派封闭并停止办学，但其中的红色基因、红色血脉仍赓续绵延。“两岸青山埋忠骨，一片丹心铸英魂”，英雄光辉今犹在，砥砺奋进兴中华。人民永不会忘记上海大学的红色历史，永不会忘记为中华民族伟大复兴作出贡献的英烈！

峥嵘岁月知荣辱，民族复兴看今朝。如今，上海大学自强不息，风雨兼程，在新世纪绽放新的光彩。“江山不负英雄泪，且把利剑破长空。”我们可以自豪地向先辈说，我们没有辜负他们的努力，我们正为中国发展贡献自己的力量！

展望未来，吾辈当传承先辈精神，奋发向上。千百年来虽然总有人勇于担当成为中流砥柱的责任，但更多的人却甘愿随波逐流、醉心享乐，如行尸走肉般苟活当下。生逢百年未有之大变局时代，青年不能做精致的利己主义者，应有“少小虽非投笔吏，论功还欲请长缨”的殷殷之情，秉持“寄意寒星荃不察，我以我血荐轩辕”的坚定信念，牢记重任在肩、使命在前，深刻领悟忧国忧民的品质不是独为伟人所有，而是刻在每一个中国人骨子里不可或缺的精神符号。逢乱世当忧国忧民，遇盛世则奋发向上。愿你我都能守得华夏河清海晏，世世昌隆。

山川见证着这个民族的兴衰，江河流动着这个民族的血脉。“大鹏一日同风起，扶摇直上九万里。”曾经的青年不再年轻，但我们的中国永远青春。无数中华儿女至死热爱着脚下这片坚实的土地，爱国就是中国人最赤诚的浪漫与信仰。

时代浪潮未免混有泥泞，我们要有河底鹅卵石般的清醒。百年春风，如有风自南，翼彼新苗。我们如春风亦为新苗，扎根在土地上，将来成材之日，替国分忧。一寸山河一捻土，一思社稷一念君。我们生在红旗下，长在春风里，目光所至皆为华夏，五星闪耀皆为信仰。人民有信仰，国家有力量，民族有希望。生逢盛世，不负盛世，愿以吾辈之青春，传前辈之火炬，照盛世之中华。

以青春之我，造就青春之中国，青春之民族。时代生辉，青年定不负时代厚望，不负这伟大征程！

# 青年自有青云志

沈孝鹏

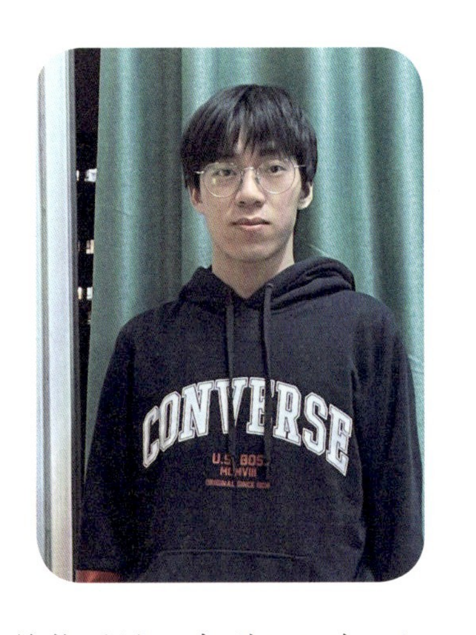


摩挲着《他们从上海大学(1922—1927)走进新中国》——一部包装简朴又不失典雅的著作,我感叹着在那至暗的时代苦苦探寻着救国之道的上大岁月。上大,这座巍巍红色学府,走出了无数英雄志士,他们以“路漫漫其修远兮,吾将上下而求索”的风骨,在这片中国共产党创建的红色圣地中求索光明。

那时的神州大地就像是一艘由晚清政府掌舵驶入泥潭的破旧巨轮,洋务派、维新派的一次次修补,革命派的推陈出新,依旧未能将之修缮。多少忧国忧民的仁人志士,为之呕心沥血,前仆后继。直到1922年,上海大学成立,作为上海马克思主义的传播阵地,在那个至暗的时代,开始渐渐闪光。

“鹤鸣于九皋,声闻于野。”这里有上海大学实际任职时间最长的重要领导人陈望道,他积极传播马克思主义,一朝为党,十年公仆;这里有三人小组成员王稼祥,他构筑思想,寻找救国之路;这里有与施蛰存秉烛夜谈的俞平伯,师生共同留下一段佳话……

他们的故事,奇幻而真实地存在于我们的记忆里,存在于上大的历史中,每每想起,如在眼前,岁月峥嵘,山河无恙。俞平伯曾在新上大成立之时寄语“青云发轫”,希望新一代上大人牢记具有革命传统的红色上大是从“青云里”走来的,并必将在新的起点上继承上海大学光荣革命传统而走向未来。

“兰谷遗芳远”,黄文秀在短暂的一生中,毅然选择回到家乡,带领百坭村人民走向致富之路,有些人从山里走了,就不再回来,她从城里回来,却再没有离开;“君子通大道”,耶鲁毕业的大学生村官秦玥飞,在殿堂和田垄之间选择后者,脚踏泥泞,俯首躬行;“有志不在年高”,年少有为的中科大天才少年曹原,破解石墨烯的奥秘。我中华之少年,正在世界的大地上发光发热。青春自有意,何须惧前行!

“少年智则国智,少年富则国富,少年强则国强,少年独立则国独立,少年自由则国自由,少年进步则国进步。”梁任公如是说,未尝不是意识到青年之于国家之重。我辈青年,若设有“为天地立心,为生民立命,为往圣继绝学,为万世开太平”的豪气,又怎能在实现中华民族伟大复兴的关键时刻闪现自己的光彩?老一辈上大人在峥嵘岁月里踽踽独行,创造出无数的功勋与佳话,新上大人必将循此精神,在未来广阔的天地,开辟一番事业。

“莫等闲,白了少年头”,作为当今中国之青年,具备青云之志,必可在日新月异的社会上有一番作为。以青年之纪,让生命在这一段时期里活得精彩,不负韶华,当以马革裹尸之胆气,面对未知的挑战,无所畏惧;以青年之志,背负行囊,心存梦想,躬身入局,抛却“浔阳江头”伴月琵琶那一缕悲声,但求一种登临泰山“会当凌绝顶,一览众山小”的波澜壮阔;以青年之声,诉时代之求,不做一个只会察言观色、八面玲珑的投机分子,而要脚踏实地,一往无前,积极响应党和人民的号召,在时代的诉求中完善自身,在时代的洗礼中完成蜕变。

中华民族的生生不息是代代中华儿女薪火相传而成,而中华民族的伟大复兴也需要代代青年砥砺前行,身处历史悠久的上海大学,我们更需要以青云之志,遂平生之愿。

“红日初升,其道大光。”相隔百年的两代上大人,在历史的车轮下终会完成交接。百年前那一代上大人的贡献仍铭刻每个上大学子的心中,承前启后,继往开来,我们作为新一代的上大学子,自豪于老一辈上大人所创造的荣光,也将创造属于自己的荣耀!

青云直上,不负荣光!

# 传承红色基因　争做未来接班人

贺泽楷

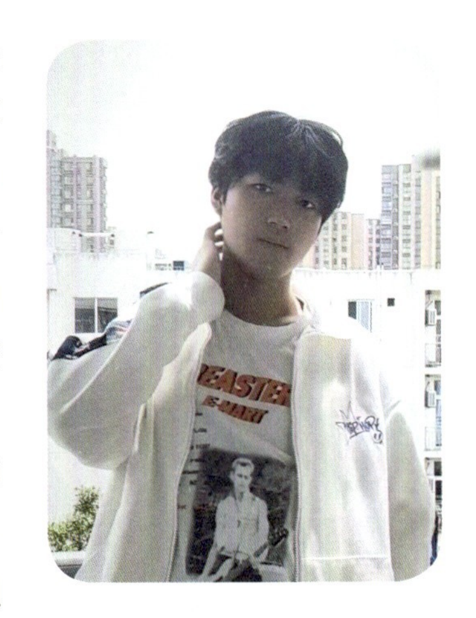

读完《他们从上海大学（1922—1927）走进新中国》一书后，我进一步感受到了历史的厚重和我们脚下这片土地的深刻意义，也更加明确了自己未来在这座红色学府的目标：做一个爱党、拥护党的二十一世纪新青年，争取通过自己的努力，来传承上大的红色基因，做未来的接班人。

早期上海大学，历史厚重，为中国共产党和新中国培养了大量人才。1922年10月23日，在波诡云谲之时，上海大学于混乱中成立，于乱世中雄起。它是中国共产党实际领导的高等学府。创办后，上大吸引和培养了大批优秀青年，在特殊时期为我国贡献了一大批杰出人才，赢得了“文有上大，武有黄埔”“北有五四时期之北大，南有五卅时期之上大”的美誉。在这五年里，上海大学取得的成就值得所有上大人永远铭记，早期上大人的精神值得我们一直学习。

新上大，朝气蓬勃，为改革开放以来的中国注入了新鲜血液。在1994年5月，上海工业大学、上海科学技术大学、原上海大学和上海科技高等专科学校合并组建的新上海大学，由我国著名的科学家钱伟长院士担任校长，开启了崭新的局面。在接下来的二十几年中，凭借着悠久的办学历史、优越的办学位置和上海大学精神的激励，上海大学进入了快车道，飞速发展，一路向前。

在读完这本书后，印象最深的是王一知女士的故事。她在向警予同志的鼓励和帮助下，在《中国青年》等刊物发表了一系列有关妇女问题的文章，勇敢地为妇女问题发声。同时，作为最先一批入党的党员，她在从事与党有关的工作中，努力付出，一心向党，为人民服务。在五卅运动中，她和其他的上海大学的师生一样，积极投身这场伟大的反帝爱国主义运动，参加了抗议日本资本家杀害顾正红的抬尸游行。在新中国成立后，王一知女士甘愿在中学担任校长，一干就是30年，终是桃李满天下。王一知女士在理想、信念和追求上所展现的奋发向上、敢于牺牲的精神，在国难面前所表现的以身作则、率先垂范的品质，向世人无言地诠释了“王一知精神”的文化特质与禀赋，也教会了我什么是坚守初心，什么是对党的忠诚，什么是一心一意为人民服务。

我们的红色基因源于不同历史时期和发展阶段中各具特质的革命精神，是时间的积淀，也是历史真正厚重之所在。红色基因中有信仰，使我们“不畏浮云遮望眼”；红色基因中有定力，让我们“咬定青山不放松”；红色基因中有思想，让我们在看似“山重水复疑无路”的困境中，领略“柳暗花明又一村”的意境。红色基因植根于革命先烈用鲜血染红的泥土中，传承于一代又一代人不懈奋斗的事业中，与我们每一个人情感相连、命运相系，是我们精神的归宿、初心的原点。

历史赋予重任，时代催人奋进。我们同上大的邂逅，恰好和“两个一百年”交汇，生逢盛世，肩负重任。百年前，在燕园的湖光塔影下，在北京街头的奔走呼告中，在石库门弄堂里，在南湖的游船上，一群热血青年，践行“我以我血荐轩辕”的宏愿。百年后，作为一名上海大学的新生，在这伟大的历史节点，我们应该怎样贡献自己的力量？小到家庭和睦、专业选择，大到世界和平、民族复兴。我们的十八岁，除了生命和青春本有的美好和靓丽，还有历史和时代赋予的壮丽和庄严。李大钊在《青春》中写道的“进前而勿顾后，背黑暗而向光明，为世界进文明，为人类造幸福”或许能给我们一些启发吧。

十八而志，成年亦乘风，扶摇直上九万里。

十八岁的我，希望能像王一知女士一样，满腔热血，追求新的生活。心里有火，眼里有光，怀揣理想，永不畏惧，在上海大学这所秉承红色文化的高校，这所充满青春活力的高校，这所与时代并肩成长的高校，传承红色基因，与复兴的时代同行，做未来的接班人，不负峥嵘岁月。

# 老骥壮心未泯 青年薪火相传

任 豪

岁月悠悠展英魂，碧血丹青谱华章。读罢《他们从上海大学（1922—1927）走进新中国》，回望痕迹斑斑的时光，目睹了多少英雄满腔热血、赤胆忠心的模样。越过青山绿水，翻过大好河山，取一杯浊酒，敬先烈的凛然浩气，敬我上大人之爱国豪情。

日月更迭，岁月轮转，日月如梭，星移斗转。先烈的红色精神在岁月的长河中跌宕流转，镌刻出上大人的模样，染红了历史的画作。上大精神的薪火在这更迭的时光中愈加璀璨。上大精神，是文人墨客在山河动摇、大厦将倾之际的赤忱。“身既死兮神以灵，子魂魄兮为鬼雄”，屈原的叹息跨越历史的洪流，至今仍萦绕耳畔；“白头搔更短，浑欲不胜簪”，杜甫的忧愁不止流露于字里行间，还沾上了暮春凋敝的缱绻；“王师北定中原日，家祭无忘告乃翁”，陆游的恳切叮嘱披肝沥胆，倾尽最后的热烈……若不能提剑拼杀，他们便拿起笔，毫尖蘸着心头最滚烫的鲜血，挥洒下瑰丽的诗篇。上大精神在先贤的慷慨诗句中得到体现，在英雄的光辉事迹中得以彰显。上大精神，是一脉相承的坚持与毅力，是历久弥新的发扬与创造。

吾辈先烈如夜中灯、空中星，踏着一路的荆棘，开拓前进的道路。如今青年更应越走越勇、愈挫弥坚。回望历史，可曾见，卫青霍去病北击匈奴，挥兵破阵半生戎马；可曾见，岳飞背负精忠报国的誓言，马蹄踏风寸土不让；可曾见，秦良玉褪下女儿衣裳，画角长吟金鼓铿锵……他们以身作障，换来四海升平、江山无恙。是否知，詹天佑的学成归来只为铁路绵延崇山峻岭的理想；是否知，钱学森舍弃国外的名利，历经阻挠回到故土，只为一心报国；是否知，“氢弹之父”于敏坚守在最荒芜的土地上，隐姓埋名只为一朵蘑菇云的盛放……在人们只顾沽名钓誉时，他们不约而同地选择抬头，选择追逐皎洁的月光。且看今朝，上大学子，在书香瑰宝中领略四书五经的哲学内涵，书香染遍了池塘中的亭亭荷叶；在泮池边感受异国的文化魅力，声音泛起了波纹点点；在运动场上体验体育竞技的无限乐趣，汗水中透着角逐的激烈。山河壮丽，更需吾辈青年的笔笔点缀；锦绣年华，更应释放上大人的青春朝彩。掀开历史的篇章，感受上大伟人们的无私贡献：萧楚女在上海大学振聋发聩的演讲如今仍萦绕耳畔；上海大学创始人邓中夏在狱中的铁骨铮铮依旧催人泪下；瞿秋白舍小家为大家、敢于牺牲勇于奉献的高贵品质感染着一代又一代的上大人；于右任用笔墨丹青书写的上大精神仍牢记于每个人心间。时光蹉跎了岁月，光阴黯淡了记忆。但无论是岁月的重重更迭，还是历史的层层推进，上大人的精神仍长存在这历经岁月的校园。模样变了心未变，人变了精神未变。漫步于校园的羊肠小道，我仿佛看到几十年前风云人物的倩影；徘徊在泮池湖畔，我仿佛嗅到了几十年前的书香满园。

“大鹏一日同风起，扶摇直上九万里。”那“文有上大，武有黄埔”的美誉仍流传于世界东方，那“自强不息”“先天下之忧而忧，后天下之乐而乐”的谆谆教诲仍牢记于每个上大人心中，“十年树木，百年育人”道出了上大经久不变的教学宗旨，“自强不息，厚德载物”传承着每个上大人的精神。“羡子年少正得路，有如扶桑初日升”，我们的青春，充满着不顾一切的热血和勇敢无畏的浪漫。青春年少的我们，爱幻想爱闯荡爱自由，我们欢声笑语，高声唱着那首叫青春的歌，我们走走停停，朝着我们的梦想的方向前进。我们迷茫彷徨，我们痛哭怒吼，但我们仍欢笑仍高歌。我们都为自己的梦想而奋斗，其实“我们”都一样。“我们”把青春留在热爱的上大校园;“我们”用热爱把心中的激情转变为前进的动力;“我们”将努力化为不断践行的事业。

“少年振衣，岂不可作千里风幡看？少年瞬目，亦可壮作万古清流想。”可能长路漫漫，但我们愿与上大共同成长，心有所期，全力以赴，定有所成。我们要在这芳华时光，谱写绚丽篇章，以梦为马，不负韶华。我们的征途是星辰大海，不负星河灿烂，不负热烈朝阳。流年执笔，草川润泽，少年的征途虽然泥泞不平、沟壑纵横，可若是走过这泥泞路途，便是平川旷野、康庄大道，只一瞬间，荒古附色，草木繁盛，花香满地。青春不仅仅是风华正茂的年华，更是为秋天收获做准备的时光。

朝阳，晚霞，少年的脚步从未停歇；

月落，日升，青春的热血从未枯竭；

叶茂，花开，憧憬的明天并不遥远；

繁星，皓月，炽热的梦想照亮前方。

老骥壮心未泯，青年薪火相传。上大的青年，愿你背朝万古长空，眼含星辰大海，用一颗永远赤诚的心，去探索无限的未来。

# 位卑未敢忘爱国　实干兴邦梦璀璨

王怡丹

曾辉煌灿烂，也曾枯骨万里；曾绿茵花溪，也曾薄凉辛苦。我们的祖国向来在风雨中行走，但从来没有倒下，因为她有那些愿意为她献出青春与热血的儿女。沧海横流，方显历史本色，在中国动荡的历史中，有无数的人显赫过、辉煌过、倒下过……但是始终闪耀在历史的星空里的，一定是那些为中国奋斗、拼命甚至牺牲的英雄。而上海大学就不缺少为新中国的诞生奉献满腔热血与激情的先辈，他们充分利用自己的所学为新中国的建设筚路蓝缕，舍生忘死；他们用自己尚还年轻的肩膀承担起挽救祖国的重任，承担起民族前行的希望。虽然当时风雨如晦、内忧外患，但他们笃守己志、沉静踏实，义无反顾地为在深渊中的祖国寻找通向光明的道路。他们来自祖国的四面八方，却因为同样的信仰而坚守在同一条战线。于是他们怀着热血南北奔走，坚定的信念最终汇聚成历史天空中那响亮的宣言：为中华之崛起而读书！

北望雄关万里，壮哉浩荡长风。回望神州大地，无数先辈用自己的生命与热血叙写着一曲慷慨的爱国之歌：丁玲用文字冲锋在革命一线，虽历经磨难却重返文坛，以《风雪人间》等优秀作品继续传递革命的火种，坚定而清醒地坚持毛泽东同志所提出的革命文艺方向，以战士的挺拔姿态，为民族事业倾心尽力；戏剧家董每戡全身心投入民族抗战的洪流，创作了一系列的宣扬抗日精神的优秀剧作，经历黑暗终于又以振奋的精神重新投入中国戏剧文化的研究；我军第一代卓越将领王稼祥，多次在党和红军面临重大抉择的关键时刻挺身而出，坚定支持毛泽东的正确路线，使党和红军转危为安；戴望舒因用报刊传递大量抗日文学作品及思想被捕入狱，虽受尽酷刑折磨，依然用《我用残损的手掌》表达了对满目疮痍的祖国无尽的深情；新文化运动的先驱者之一阳翰笙组织戏剧运动，将民主斗争进行到底……“寄意寒星荃不察，我以我血荐轩辕”，身处中国黑暗时代的先辈们在灾难面前，毫不退缩，满腔热血，以星星之火点燃了华夏儿女众志成城的报国信念！

在险象环生的人生中，每个人都在单枪匹马闯荡。一念起，风生水起，一念落，万劫不复。当泱泱华夏陷入鲸吞蚕食之际，一群有志之士冲破敌人对中国的层层镇压，“仰天长啸，壮怀激烈”，将中国之责任置于自身之肩上。他们本可以贪图安逸、明哲保身，但是代代相传的红色基因和拳拳爱国之心促使他们将有限的生命投入到漫长的革命斗争当中。只有用苦难与鲜血铺在黑夜的道路上，民族的未来才有可能在白昼的阳光下绽放出最耀眼的光芒。他们的故事跌宕起伏，但奉献的底色从未改变；他们的路途坎坷崎岖，但追寻的脚步从未停歇；他们的生命几经沧桑，但红色的信仰从不褪色。

岁月峥嵘，太多成就值得被镌刻铭记；时代腾飞，太多楷模值得被敬仰称道。但历史从未忘记以己之躯铺成中国光明道路的先辈们，无论力量大小，不论炬火或是荧光，他们都以满腔的热情投入到“挽狂澜于既倒，扶大厦之将倾”的伟大事业当中。他们坚守信仰的忠诚、以身许国的壮志、民族复兴的宏愿，不仅挺起了民族的脊梁，更照亮了中国的明天！

如今的中国海晏河清，正阔步走向世界舞台的中央，但也正处于百年未有之大变局，腾飞中的中国需要我们青年克服重重困难，正如百年前的先辈们一样，肩负起建设现代化强国的重任。社会中经常有“00后是垮掉的一代”的负面声音，只是因为我们生活的时代科技发达，我们享受到了最好的生活。但是我们生活在最好的时代并不代表我们不追求进步，时代在不断向前，祖国也要不断成长。我们依然生活在英雄辈出的时代，我们依然有对未来的渴望，我们依然有着建设祖国的目标，我们依然有着成为时代骄子的信心……过去的岁月，璀璨夺目的是先辈昂扬饱满的斗志，如今的时刻，则需吾辈竭尽所能，用青春飞扬的奋斗彰显中国的活力。我们出生于这片梦想之地，我们是民族的明天，是梦想的追逐者、缔造者，我们必将传承中华民族代代相传的红色基因，赓续延绵不绝的爱国热情，在这先辈们打拼来的盛世繁华中，书写俯仰无愧的报国华章！

# 走进那座洪炉

黎楚凡

这是一个奇特的处所，仿佛是一座洪炉，只要你稍稍碰着过它，它就会炙着你的皮肤——不，炙着你的头脑，使你永远地烙着一个严肃和深刻的印子，永生不能磨灭它！

——孔另境

轻轻撕下塑封，这本书似乎变得愈发沉重。翻开前，目光停留在封面上，久久不愿收回。

"青云发轫"，同"云程发轫"一样铿锵有力，却又因上大而被赋予了更加深刻的内涵——成立于闸北青云里，亦向着青云万里的路途发轫。"青云"是起点，更是征程。点横撇捺间，积蓄的力量穿透纸背，好似一束强光刺破历史的阴霾，直击肺腑：他们，穿越时光而来，走出上大这座洪炉，似千流归大海，走进了他们为之憧憬、为之奋斗的新中国。

那一年，新文化运动吹响号角，而上海大学，成为南方的新文化运动中心。

上大是知识学习之洪炉。

为师长，他们学识渊博、春风化雨、呕心沥血、深孚众望。"他们很热心地聚集在上海大学，将所研究到的专长，指示给他们的学生。"于是我们有幸从寥寥数语中见证"滔滔不竭瞿秋白，讷讷难言田寿昌"的有趣情景，见证邵力子引经据典，见证沈雁冰以笔为刃，见证他们攥紧了手心的梦，见证他们"以革命精神，改造学校"……

为学子，他们潜心学问、不屈不挠、胸怀信仰、心系祖国。“他们秉着刚毅不拔的勇气……他们是能忍苦求学，预备做建造新中国的工人的。”在各位师长的激励与引导下，丁玲成了瞿秋白先生所期望的展翅高飞的鸟儿；戴望舒成为诗坛领袖亦不忘投身火热的革命斗争，施蛰存提笔写下“上海大学的精神”，成立“青凤文学会”，挥洒文学热情，如凤鸟般燃烧，希冀着将来的美丽与永生；在孙中山先生的影响下，安剑平发起成立了熠熠闪耀的进步学生团体“中国孤星社”，“不图于此残风苦雨之夜”，而是将青年热血的“大侠魂”精神发扬，践行匡世的信仰……

上大是思想锻造之洪炉。

进步革新、不忘初心是上大的思想；自强不息、爱国爱民是上大的精神。

上海大学是五卅运动的策源地，亦是众多学子一生接受革命锻炼的起点。“成败区区君莫问，中华终竟属炎黄。”曹天风写下“镰斧枪同盟，准与暴敌拼。岂敢落后哉，背城排笔阵”纪念五卅斗争，在五卅运动中与其他上大师生一起，冒着水龙、枪弹，冲在斗争的前列；张治中走上革命新路，奉献余生只为解放事业；薛尚实参加上海大学学生军，与工人纠察队并肩战斗……他们代表着的是同样奋勇热血的上大进步师生，在国家民族危亡之际，英勇地为爱国运动作出重大牺牲和杰出贡献。

安剑平曾发起的上海大学“中国孤星社”，“孤”是“闵识孤怀”的“孤”，“星”是“星火燎原”的“星”。上大的思想，是孙中山先生所言“吾党之主张，而尽言论之职责”；是安剑平及“铸魂学社”学子们所主张的“修身立命，匡人救世及文武合一、知行合一”；是王稼祥及热血青年所评价“革命之大本营”的思想；是上大无数知识分子的风骨与信念。

上大是孕育平等意识之洪炉。

那一年，上大有了女性力量的崛起、延续和传承。丁玲、张琴秋、赵君陶、王一知……历史前进的道路上少不了她们的身影。

她们与男同学一同上课，一同参与上大的学生工作，一同去工人夜校教书，一同参加宣传队，一同上街游行……她们，发出了女性的声音，不是以谁的“母亲”“女儿”或“妻子”的身份；她们，在历史上留下了自己的名字；她们，高喊着告诉大众，“她们”也可以巾帼之力担负起这份责任。她们可以书写激昂文字，亦可以在《中国青年》上为妇女问题发声；可以剪去长发以明志，亦可以上街游行示威；可以做好政治工作，亦可以指挥战斗、不畏牺牲……女性的力量，是温柔而坚毅的，似将山川切割成纵深涧谷的温柔水流，亦似在草场踏出崭新道路的开拓之人。她们经受着风起雨落，却仍坚定地走着，踏至莽原深处，月色澄明如水。她们走过上大，走过洪炉，走过沙漠中的绿洲，找到了所追寻的最明亮的星月。

翻开书本，我也走进了这座洪炉。熊熊热焰将我包裹，滚烫血泪滴落胸口。

在那个国运飘摇的年代，他们摆脱冷气向上走，用知识和信仰武装自己，传播新思想新文化，“进前而勿顾后，背黑暗而向光明，为世界进文明，为人类造幸福”；在今天，应由我们接棒，不忘初心，勇往直前，接续奋斗，不断成长。

他们皆是维新青年，是“决定做一有用改造社会之青年”，以经世之志，留下永不褪色的光辉。

我们绝不能陶醉于象牙塔中，而应积极投身到上海大学这座洪炉之中，自强不息、热血蓬勃。

上大人会越过层峦叠嶂，栉风沐雨，砥砺前行。

上海大学从“青云里”走来，上大人并必将在新的起点上继承光荣革命传统走向未来。

# 红色基因永赓续　关山初度路犹长

李岳星

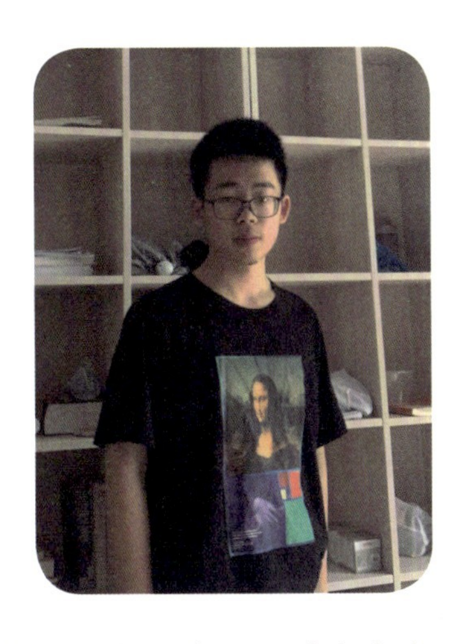

一个月前，尚未从毕业季假期里的无所事事中走出，一份沉甸甸的包裹便被交付到了我的手中。惊喜之余，拆开包装，将录取通知书从盒中小心抽离出来，映入眼帘的是一本厚重的书。

《他们从上海大学（1922—1927）走进新中国》……对校史并无太多了解的我并不知道上大的历史渊源如此深厚，翻过扉页和前言，映入眼帘的是目录上一长串整齐排列的名字，有熟悉的，也有不熟悉的。在阅读此书之后，我也终于明白了人们纪念他们的缘由。如今他们早已离开人世，却散作漫天繁星，发光发热，让这英雄的品质、红色的血脉永存人间。谨以此文，讲述几位我感触最深的先辈的事迹，并向所有为上大的发展，为民族国家奋斗牺牲的英雄们致以崇高的敬意。

贾樟柯2010年杀青的纪录片《海上传奇》讲述了上海从19世纪的殖民，20世纪上半叶的革命与解放，到20世纪末的改革与开放的传奇经历。上海，是当之无愧的“海上传奇”，才会在那个万马齐喑、风雨如晦的年代建立起一座国共两党共建的高等学府。纵使它面对的是动荡的社会、简陋的校舍、拮据的经费，这座如涓涓细流般初生的学府冲破重重险阻，终于河出伏流，一泻汪洋。冲破时代晦暗的迷雾，一批批仁人志士于神州陆沉中奋起，从一穷二白中走来，揭开了中国近现代历史的新篇章，谱写了一段又一段壮丽凄婉的史诗。

他们从上海大学走进新中国，靠的是过人的青年意气与胆识。

“苟利国家生死以，岂因祸福避趋之”，上大学子用果敢的实际行动给出了答案。19岁走入上大社会学系的张琴秋，这位巾帼英雄在党组织领导下，带领工人、妇女等社会群体无畏斗争，发展壮大了大批团员。离校后的几十年里，长征、土改都少不了这位文武双全女将领的身影。19岁入学的党伯弧，在五卅运动后走上反帝爱国运动道路。西安事变时期，为了争取国民党爱国将领抗日，果断以“押送”名义护中国共产党密使汪锋前往西安，为抗日民族统一战线的建立作出了不可磨灭的贡献。

他们从上海大学走进新中国，靠的是坚韧的文人风骨与情怀。

思想的变革是一个时代巨变的先导与前兆，彼时新旧冲突交融的上海，文化战线上的斗争亦从未松懈。中国文人自古以来就以风骨坚韧流芳百世，而生于乱世的他们，毅然提笔为战，书写着一个时代。沈雁冰任教上大，在五卅惨案后发表慷慨激昂的演讲，国民革命及抗战期间完笔《蚀》三部曲，展现了知识分子的革命激情。同为上大教师的丰子恺将美学原理与民族情怀结合，两度为《中国青年》绘制封面，同样为革命发光发热。

他们从上海大学走进新中国，靠的是立于潮头的时代大局观。

时势造英雄，英雄亦描绘时势。彼时的世界，战争疮痍的背后是人们探求自由与民主的希望，各种思潮百舸争流，各类学说初放萌芽。中国何其有幸有这样一批敢于立于时代的风口浪尖、学习传播先进的思想、探索开拓救亡图存的道路的人。周建人、杨之华等社会学学者在专业领域不断提升造诣的同时，也一直保持着心怀黎元的初心，为我国的民权事业奠基。此外，在上大师生中，李季、张仲实当属最为杰出的马列著作及社会主义学说作品的翻译大家，他们为浴血奋斗的革命者送去了理论的武装、文明的火种。

黑格尔所言不谬，历史的确已是一堆灰烬，但灰烬深处尚有余温。我们追溯先辈的事迹，是为了从中学习那些可贵的精神品质，学史明智，学史明理。光阴漫漫并非一马平川，如今的世界并非永远的太平盛世，表层的微澜下充满涌动的暗流。吾辈青年任重而道远，先辈为我们铺就了宽阔的阳关道，我们将承载着民族的希冀去开拓一片自由平原。

生逢其时是一种莫大的幸运，在中国共产党成立100周年之际脱翎换羽，步入大学的殿堂，意味着要承担更多的责任。陈独秀先生曾将青年描述为“青年如初春，如朝日，如百卉之萌动，如利刃之新发于硎”。青年作为一个时代的先锋，其精神品质便是一个时代的晴雨表，其价值取向更是一个时代风向标，我辈青年既要有百卉萌动的朝气，也要有利刃发硎的胆识。

作为一名上大的学子，百年前从这里走出来的他们，便是最好的榜样。今后四年，我们将与上大为伴，致知穷理，畅游宽广学海，闻道日肥，增长技能才干。“中兴业，须人杰”，曾经他们从上海大学走出来，为打破旧社会的桎梏，探求自由与民主，如今走进上海大学的我们，也必将是强国复兴路上的生力军。“流光一瞬，华表千年”，两代人的灵魂穿越一个世纪，在这里相遇，触碰。

莘莘学子来远方，春风化雨乐未央。你我将在先辈精神引领下，永续红色基因，弘扬优良传统，让我们的梦想在上大起航，以我们的才干回馈社会。关山初度，当攻坚克难，当助力我校“双一流”工程；前路犹长，当放眼天下，当献身现代化强国建设洪流。

请党放心，强国有我；请先辈放心，我们将是新中国最耀眼的一代。

# 传承红色基因　再迈红色征程

黎钊阳

英魄毅兮，欲佑千阙锦绣山河；红色血脉，流淌滚烫古今历史。掩卷《他们从上海大学(1922—1927)走进新中国》，先辈们的肝胆忠肠、无畏英魂令我仰慕不已。吾辈今为青年，身为红色英魂的后裔，理当传承这份丹心与血脉，蔚为国用，忆先烈之心，承英魄矢志。若不能将红色基因相续，又如何存世处道邪？

红色基因发轫于那嘉兴南湖的一叶扁舟，此后，那沉寂的血脉涅槃重生，成为无数中华儿女勠力同心、矢志报国的精神导向。“捐躯赴国难，视死忽如归。”那是一个血泪交织的时代，外敌的侵犯和内部的混乱让战火燃遍华夏，一时满目疮痍。便如余秋雨在《文化苦旅》中的喟叹：“太多的荒诞终于使天地失语，无数的不测早已让山河冷颜。”争取民族独立、人民解放的呼喊在华夏儿女心中回荡。目所见，杨开慧被捕之后面对威逼利诱毅然回答：“死不足惜，惟愿润之革命早日成功”，后于浏阳门外识字岭英勇就义；耳所闻，钱壮飞打入国民党内部，于龙潭之内取情报，救党中央于危难之际；心所叹，回汉模范马本斋母子，母宁死不屈拒书降，儿为国捐躯歼日伪。红色基因在他们的血脉中流淌，红色精神在他们的言行中体现，红色故事在他们的斗争中写就。我辈传承红色基因，携历史精粹，融红色热血于筋骨，是为通晓红色文化的内涵，是为与历史同存、与国同和。

曾惑感何为红色基因，为何它能让先烈矢志不渝地佑护与薪火相传？当遇家国危难之际，内心深处的血脉不自觉地偾张，当晓知鲜血染红的国旗，背后有着道不尽的深意，当先烈为我辈之未来搏击时，蕴于深处的信仰激起惊蛰之声。我明晓了红色基因是一种革命爱国精神的传承，是实现中华民族伟大复兴的精神支柱，一如厚重史册上书写那爱国复兴的篇章，恢宏壮丽、可歌可泣。在《他们从上海大学（1922—1927）走进新中国》中，有沈雁冰、丁玲、瞿秋白等革命意气书生，更有田汉、周建人等大义凌然之人。青年心中山河浩荡、清气乾坤，我们接过先辈们担下的重责，理应赓续先烈之志，发扬踔厉，用赤诚丹心与虔诚信仰，继续佑锦瑟山河无恙。

我辈传承红色基因，道铮铮誓言，缅怀红色历史，是为汲取红色文化里的精神内核，是为外化于行，内化于心。现世如山，绵亘于红色大江的蜿蜒行迹。诚然，不同时代的江河有着不同的印记，烙下印记的力量却绝非须臾成就。它以红色基因为载体在血脉中沉淀，方能给予时代滋养。

红色基因渊源久矣，它脱胎于儒家推崇的"家国情怀"，在那段革命岁月尤为炙烈，它以热忱为引，点燃了那段峥嵘岁月。"拼将十万头颅血，须把乾坤力挽回"是秋瑾这样的巾帼英雄为破碎山河立下复兴誓言；"道义争担敢息肩"是周恩来这样的革命领袖的大义之举；"未惜头颅新故国，甘将热血沃中华"是每一位为国之革命奋勇者的真实写照。如今时异世殊，旧时代早已落幕，新时代冉冉升起，我们在新时代下接过重任，我们要在不断积累学识中更好地投身建设祖国，为中华民族的伟大复兴铸就时代基石。

我辈传承红色基因，顺时代精神，继续发展优秀的红色文化，是为拓展红色基因的精神内涵，是为推陈出新，顺时而为。

红色基因一直在我们身边。井冈山精神是那星星之火的滥觞，延安精神是党发展阶段的结晶，航天精神是科技的嬗变，抗洪救灾精神是"八方支援"的团结。此类红色基因和红色文化在历史中不断壮大与创新，即使是现今后疫情时代下，抗疫精神亦成为了它的一分子，我辈身居后疫情时代，仍感其精神内涵，红色基因始终永葆活力，为我们共建新时代提供不竭动力。

《人民日报》有言："行程万里，不忘初心；信念如磐，一脉相承。"诚如斯言，红色基因和红色文化于浩瀚的历史来说还正值年轻朝气，长路漫漫，拥有无限可能。是故如何一次次地将红色基因和红色文化涅槃创新，顺应时代发展，是新时代留给广大青年的考卷。潘阆在《酒泉子・长忆观潮》中诗意落笔："弄潮儿向涛头立，手把红旗旗不湿。"红色大江在新时代的中国蜿蜒前行，新时代的青年应勇立涛头，争做时代的弄潮儿。青年是复兴路上的核心队伍，肩负着前人难料、他人难比的重担。在焕发生机的新时代，让我们共忆一抹红色峥嵘，再延一份精神长流，让红色基因得以薪火相传。

我们的血脉里流淌着红色基因，一如磐石的信仰，将用我们的热血去发扬新的红色文化，使其基因永续相传于华夏儿女之中，为复兴之路赓续新途。

青年如初春，如朝日，定会燃薪火增华，展现上大人的飒爽英姿，展现我华夏之地泱泱大国的英雄气概和不朽的红色基因！

# 流动的历史　恒久的精神

任梦远

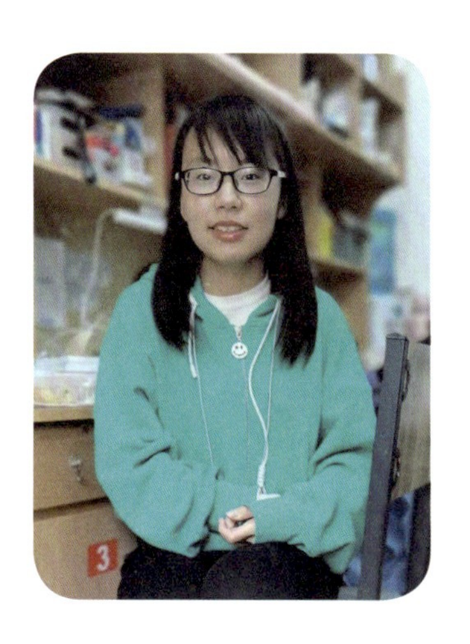

1923年秋，伴着凉爽微风，18岁的施蛰存踏入上海大学。

带着求知的热情，年轻的施蛰存伏在书桌前，挥笔而作《上海大学的精神》。一笔一画，记录的是上大教授的春风化雨；一字一句，摹画的是上大学子的自强不息。“不是以教授糊口”的教授，“预备做建造新中国的工人”的学生，寥寥数语精辟地点明了上海大学“特殊的精神”。也许正是在这种精神的鼓舞下，在青凤文学会，施蛰存与戴望舒等文学同好者挥毫泼墨、大展文采；在教员宿舍，他与田汉、沈雁冰等教授商讨学术、谈笑风生。

年未弱冠的他，在上海大学这个平台上初露锋芒、崭露头角，终生不忘的上大精神也在此刻萌芽。

2003年冬，凛冽寒风中，98岁的施蛰存在上海华东医院寂寞离世。

没有团簇的鲜花，没有盛大的追悼，他离去得尤为冷清。作家李劼曾如此评价施先生：原先只知道他是“被人谈论的最少、少到了几乎要被遗忘的老前辈”，相识后才知道他身上有着“清清淡淡的悠远”。大半个世纪已过，他仍如当年那个少年一样，不媚俗于权贵，不汲汲于名利，葆有当年上大留给他的学子风度、学者风范。先生晚年的“寂寞”虽然让我们遗憾，却不会让先生本人哀愁。

年近百岁的他，虽然褪去了曾经的光芒，但却坚守着曾经的上大精神。

施蛰存的18岁和98岁，是历史的两段横截面，跨越了几十年的中国历史，记录了施先生的始和终。我从最近所读的《他们从上海大学（1922—1927）走进新中国》了解到“始”，又从先前捧读的《民国风度》中知道施先生的“终”。之前阅读《民国风度》的时候，最令我感叹的即是施蛰存先生，当我翻开《他们从上海大学（1922—1927）走进新中国》，也是施蛰存这个名字吸引着我钩沉以施先生为代表的上大前辈的历史。

当我暂时放下施先生的故事，沉下心来，从头翻阅起这本红色的传记，更多熟悉的名字跃入我的视线。随着阅读的深入，陈望道不再只是一位翻译了《共产党宣言》的老党员，更是一位力行爱国运动、关心革命工作的老前辈。我想，他在数年后提出的“好学力行”背后，一定既有个人的写照，也有当年在一师和上大获得的感触。谭其骧不仅是学界绕不过的“悠悠长水”，也曾是一位一心革命、关心祖国建设的热血青年。戴望舒给我留下的印象也不再只是“绛色的沉哀”和“结着愁怨的姑娘”，更是“燃烧的青凤”。我对俞平伯的认知也不再只是《我的外公俞平伯》的祖孙情，更有秉烛夜谈的学者风度和投身抗日的救亡事迹。

我想，从施蛰存的“预备做建造新中国的工人的学生”到俞平伯的“春深大地遍红装”，从谭其骧盛赞的“革命传统”到陈望道关怀的“革命工作”，都能体现上海大学的红色基因。施先生等杰出校友只是上大人群体中的一面，1922—1927年也只是上大历史的一部分，但“上海大学是有特殊精神”却高度概括了历史上所有优秀校友的品格，贯穿了近百年的峥嵘岁月。

《民国风度》中有一段话我无法苟同。“我们这些自由而无用的灵魂，不会感应那些老先生的。他们离我们今天并不遥远，但他们守护、在意、体现的精神、传统、风骨，已与我们相去甚远。”前辈已逝不可追，但前辈的精神长存。

我们可以获得的，是留在血脉中的红色基因；我们可以守护的，是上大特殊的精神；我们可以延续的，是流淌百年的红色历史。虽无硝烟战火，我们不必品尝击楫之痛，也不用忍受化碧之苦，但洪涝的铁蹄纵横南北，疫情的魔爪横跨东西，单边主义号角吹彻长空，民粹主义沉渣泛起，一切的一切仍需要我们新一代上大人努力强国。

请党放心，新一代上大人不甘于做狂热于物质功名的精致者，不愿意做安于小确幸的芸芸者，不愿意做坐吃山空的硕鼠之辈，在黑暗喑哑的革命岁月，上大前辈以无畏牺牲保卫祖国，于而今国泰民安的和平年代，新一代上大人不忘初心，砥砺前行。我们会前进如飒沓流星，共筑拓荒者的未来，共筑中国葳蕤蓬勃。

“桐花万里丹山路，雏凤清于老凤声。”新世纪的上大精神，由我们谱写；新一代的强国梦想，由我们实现。相信施蛰存先生等老前辈倘知红色基因生生不息，定会为此欣慰。

# 铭记时代使命　切莫温和地走进那片良夜

石依敏

当我收到录取通知书，一切尘埃落定的时候，心中才有了自己将要归属于上大，成为一个上大人的实感。记得我当时做的第一件事就是利用各方渠道查询和这所学校有关的信息，从官方介绍到他人现身说法，再从办校历史到现今发展。我原以为自己已经足够了解这座学府，但直到我注意到与录取通知书同时寄来的那本《他们从上海大学（1922—1927）走进新中国》并且翻阅完后，我才明白，原来我先前对于上海大学的了解不过是冰山一角，细微之处涉及甚少。

“鹤鸣于九皋，声闻于天。”上海大学，这座于风雨如晦的年代——1922年诞生的红色学府，吸引着一批又一批的优秀人才慕名前来求学。这里流淌着党的血脉，继承着党的红色基因，注定其意义不仅仅是教书育人，更是发展革命和爱国主义事业的主力军，是涌现出无数英雄先烈的“红色”象牙塔。

尽管现在的人们对于上海大学的评价褒贬不一，但可以肯定的是，没有人能否认这所大学所传承着的殷殷红色血脉，没人能否认这所大学百年来的承载的历史厚重感与责任感。阅读这本书之时，我仿佛能把自己代入那个混沌而又伟大的时代，深切敬佩那些在上大同时于学术和民族复兴道路上日日夜夜辛勤耕耘、无私奉献的教授们；也深受震撼于血气方刚，负有责任担当，主动挑起救国重担的年轻学子们。

私以为，越是布满动荡和黑暗的时代我们越能从中窥见其中伟大而又高贵的灵魂，是他们用人性的光辉照亮了那片黑夜。他们中有一边任教管理，一边支持着爱国主义运动，在四一二反革命政变中不顾风险营救被捕学子的陈望道；有被国民党抓捕后在监狱中死守党的秘密，严守党的纪律，后担任民盟中央主席，被毛主席接见的杨明轩；有在上海大学创立“中国孤星社”，声援五卅运动，从事“民主主义的建设事业”，投身于真理生活和正义事业的安剑平；有一身傲气，在大学兴办各类杂志，研究文学诗作的戴望舒、施蛰存、丁玲；亦有在上大担任党支部负责人，亲自给工人培训，在夜校上课，积极参与五卅运动的高尔柏。

人们常常歌颂西方的骑士精神，而我们东方又何尝没有属于自己的骑士？这群从上海大学走出的师生就是其中的代表：他们为真善美而歌，为不公不义而战，为中华民族谋求光明与福祉；他们或许拥有不同的社会身份，或许承担着不同的分工职责，或许抱有不同的思想理念，但相同的是他们无一不用着属于自己的方式铸就了一个生机勃勃、沐浴着红色血脉的上海大学，最终为新中国开辟出一条崭新的道路！

回看当今，这些先辈们燃尽自己，只剩依旧伟岸的身影与精神屹立在人们心中，历史的交接棒切切实实地传递到了我们这代人的手中。试问，作为当代的青年，我们究竟能做些什么，又要肩负起哪些责任？

不同的时代赋予每一代人不同的使命与责任，在当时于内局势动荡，军阀割据，于外又遭受列强欺压和不公待遇的时代背景中，需要先辈们付出鲜血，献身革命和爱国主义运动去创立一个新中国，为人民换取独立自主、稳定和平的生活。而现今的我们正生活于由他们创造的那片“良夜”中，然而“良夜”只是表象，其下危机四伏，到处都是无硝烟的战争，无须流血和牺牲却能悄无声息地瓦解一个国家，使其人民颠沛流离。所以，我们作为新时代的青年不应该“温和地走进那片良夜”，而要时刻对局势与危机有所警惕，时刻保持理性与独立，防止沦为他人的傀儡。由最基本的大学生身份来说，我们要学习多方面的知识和常识，回归理性思考，拥有辨别是非的能力，逐渐填补自己的知识盲区，发展成为各领域的人才，同时接触多元的思想，找到并确立自我价值，遵守道德，不要在虚无的意义中沉沦堕落。正如陈独秀先生在《敬告青年》中强调的：新青年要提倡民主与科学，反对专制和愚昧、迷信，提倡新道德，反对旧道德。

薛尚实曾谓上海大学“是我一生接受革命锻炼的起点”。上海大学不应是我们人生的终点或制高点，而应该是我们人生新征程的起点。往昔，有先辈们从上大走进新中国；现今，有吾辈从新上大走向新世界，为中华民族创造更多可能。

新青年们，愿你们去“追梦，不会成真的梦；忍受，不堪忍受的痛；挑战，不可战胜的敌手；跋涉，无人敢行的路；改变，不容撼动的错；仰慕，神圣高洁的心；远征，不惧伤痛与疲惫；去摘，遥不可及的星”！

# 愿以吾辈之青春　护卫盛世之中华

胥若涵

合上《他们从上海大学（1922—1927）走进新中国》一书，抬起头来，仿佛走进了另一个世界。那些在书本上出现的名字不再生硬，而是带着鲜活的气息闪烁着，宣告他们曾燃烧绽放的光芒。20世纪20年代是一个山河破碎的乱世，是一个思潮纷呈的年代，先辈们在黑暗中摸索，看不见前路，不知自己所做是否徒劳，也不知前方是否开阔，却依然为了那一丝光在黑暗中一步一步地向前走去。“绝望之为虚妄，正与希望相同。”李大钊先生曾告诫青年：“当背黑暗而向光明，为世界进文明，为人类造幸福，以青春之我，创建青春之家庭，青春之国家，青春之民族，青春之人类，青春之地球，青春之宇宙，资以乐其无涯之生。”

着先辈之红衣，掀今日之波澜。革命先辈们栉风沐雨，在一片枯萎的草原上，除尽了杂株劣根，将中华人民共和国这一雏菊种下，我们新一代的传承人一定得呵护好这美丽的花朵，并且让她开得更好、更久。他们可以挡住天上的太阳，但他们无法挡住民主的光辉。中国是通过一次次的鲜血流淌才建立起来的国家，我们血肉中、骨子里刻着一股不服输、不认输的韧劲，这种韧劲，让革命先辈们打赢了一次又一次艰苦卓绝的战斗，同样也是我们当代青年打破一个又一个不公平的封锁的底气。几千年漫漫征途，几百代风云变幻，曾走过绿荫花溪，也踏过枯骨万里。大风泱泱，大潮滂滂，洪水图腾蛟龙，烈火涅槃凤凰。文明圣火，千古未绝者，唯中华无双：和天地并存，与日月同光。

继往圣之绝学，开万世之太平。为天地立心，为生民立命。嫦娥奔月，上可九天揽月；蛟龙入海，下可五洋捉鳖；两弹一星，探寰宇而量天地；成昆铁路，连蜀道而致千里；杂交水稻，耕沃土而飨黔民；三峡大坝，横大江而驭沧浪；南水北调，引明渠而润京杭。失败乃成功之母，结束即是开始。生活在新中国的我们站在先辈的肩膀上，攻克了一个又一个技术难关，打破了列强的科技封锁。我们打破了重重质疑，克服种种磨难，在世界的舞台上站立起来，并朝着引领时代的方向迈进。受光于庭户见一堂，受光于天下照四方。余光中曾写道："下次你路过，人间已无我，但我的国家，依然是五岳向上，一切江河依然是滚滚向东，民族的意志永远向前，向着热腾腾的太阳，跟你一样。"这一切来源于新中国所带来的民族自豪感、强国自信心。

功成不必在我，功成必定有我。前路漫漫，艰难险阻尚存；吾辈青年，仍需砥砺前行。地球即成白首，吾人尚在青春，以吾人之青春，柔化地球之白首。所有的山花烂漫，皆在狂风暴雨后，吾辈青年更应肩负民族希望，担当时代重任，成为有理想、有抱负、有能力的中国人。此生不悔入华夏，来世还生中华家。

吾人之青春一日存在，即地球之青春一日存在。吾辈之青年，皆如同早晨七八点钟的太阳，璀璨而光辉，充满了向明天奋进的力量。先辈希冀的目光，投在了我们青涩的脸上；黎明破晓的曙光，洒在我们前进的路上。冀以晨雾之微补益山海，萤烛末光增辉岁月。让我们一同立志，创造一个更加美好的新时代吧！我们，定将胜利。山河换了新颜，阅兵式上飞机也不用飞两遍，曾经的十里长安街，如今繁华如斯，山河无恙，国富民强，而这盛世，也将如先辈们所愿！

这片土地留给我们最好的礼物，就是这么两件：一件是历史，一件是文化。我们生在国旗下，长在春风里，五星红旗指引的方向就是我们的初心所归。

"红日初升，其道大光，河出伏流，一泻汪洋。"谁谓河广，一苇以航，谁谓河广，吾辈领航。"愿以寸心寄华夏，且将岁月赠山河"，愿民族之巅，薪火相传，百代不衰！

思绪归来，仿佛灵魂出游了一番，看着书桌上的《他们从上海大学（1922—1927）走进新中国》，我想这丰富活泼灿烂的人世间，这冉冉升起的新中国，就是电影片尾出现的最好的彩蛋了吧。

# 胸中有丘壑　立马振山河

薛　溢

上海大学是一座革命的洪炉。

风雨如晦的年代里，上大学子并未一味钻在象牙塔中不问世事，相反，他们以青年的澎湃激情为刀柄，以先进的思想知识文化为锋刃，怀揣满腔赤子之心无畏投身火热的革命斗争。

而今时过境迁，正逢中国共产党成立100周年，先人风骨犹在，上大精神绵延。

68位从上海大学走进新中国的仁人志士，在各自领域为祖国的建设添砖加瓦，他们正如鲁迅先生所说的一般，“有一分热，发一分光。就令萤火虫一般，也可以在黑暗里发一点光，不必等候炬火”。

从历史中来，到未来里去，作为新时代青年的我们阅读着纸上炙热，聆听着先辈事迹，必当以上大先烈为榜样！青年学子应当延续这份爱国之情、强国之志，勤奋为学，传承红色基因：细微到我们生活中的一份作业、一个任务，宏大到我们在时代中对自身的发展方向定位，都是我们对新时代、新中国、新上大的一份答卷。

## 文以载道执笔星河

文字之于上大人的笔下并非舞文弄墨，而是以笔为光茅刺穿黑暗，以笔为声响传播先进理论。

上海大学“中国孤星社”的发起人和领导者安剑平以“研究学术，讨论问题，彻底了解人生，根本改进社会”为办社宗旨，将学术文字与人生、社会紧密相连，致力于将三民主义向更广泛的民众普及，燃起了革命的星星之火。

于我而言，文学是一直以来的兴趣爱好。在文字中汲取精神的力量令我心醉神迷，从小人书到小说散文，越来越广阔的世界在我的眼前呈现，而那些温暖人心的故事也在我的心中播种下了爱与美的种子。

对于爱与美的理解每个人不尽相同，最初我的认知仍然停留在纯文学的象牙塔中，以为修辞、笔法、氛围构成了爱与美，殊不知真正的沃土是“人”在供给营养。“人”唯有与“社会”紧密相连才具有别样的社会视野——我们的人生不止有自己的康庄大道，更有对他人人生痛苦与幸福同理心的用心感悟。安剑平便是把文学作为沟通社会、联系民众的桥梁，发挥了文学更高层面的意义价值，将它以一种朴素而真挚的方式把爱与美播种到更多人的心里。

## 政界先锋以身先行

王稼祥曾把上海大学称为“革命之大本营”。本愿全心攻读学问的戴邦定，在上海大学充满革命的氛围与上海大学党组织的教育和启发下，决计成为浙江黄岩籍的第一位共产党员，毅然决然踏上红色的革命之路。

在上海大学，这里有中共上海大学独立支部第一任书记高尔柏，这里有新中国外交部首任美澳司司长柯柏年，这里有中国社会主义青年团中央第一任书记施存统。他们都肩负着革命的重任，以一己之力推动着新中国政治的发展前行。

作为上海大学高校推优一体化的一员，开学时我们在讲解员学姐们的带领下参观了上海大学“溯园”。在这条“光荣的荆棘路”上，踏着坎坷的石子，我们仿佛走过那段艰难而又伟大的历史。然而苦难铸辉煌，一次次的不放弃，一次次的坚持才造就了如今光明美好的一切。没有激情，没有责任，没有压力，又怎能造就我们的“革命之大本营”？

## 德艺双馨美育启人

陈望道可谓是德艺双馨的代名词，他不仅废寝忘食地翻译《共产党宣言》传播马克思主义思想，而且整修图书馆组织图书委员会，还主张“绘画当求适于人生，与其闭门临一裸体美人，不如在田间写一裸体农民”，深切将普罗大众放在心间，将艺术与群众连接，将美的艺术、文字的艺术推向更崇高的人民的艺术！

董每戡在《C夫人的肖像》中表达了自己的艺术主张：“艺术决不是游戏，它是一种武器”；“艺术决不能离开社会，它应该是普遍的社会生活的反映，它应该被一般民众理解”。字里行间流露出他对艺术别树一帜而亲切平实的理解，与对发挥艺术社会作用崇高的责任感与使命感。

人们都说“艺术源于生活，而高于生活”，那么更可以说“艺术源于民众，高于民众，又回到民众”。艺术不是凭空捏造以供消遣的玩物。艺术通过抽象、夸张、写实等手法对现实民众生活加以加工，从而达到更高一层的境界，能够流传给一代又一代人唤起记忆的共鸣，传承段段经典与启示。然而，艺术的一切又都将回到民众中去，去造福民众！

## 巾帼高风运动先驱

愚昧的年代并非充斥着愚昧的民众，在五四运动新思想的洗礼下，上海大学的女性不愿屈从于腐朽的传统礼教，纷纷投身社会进步事业。

诸多妇女的例子向我们展现了女性在红色年代中令人敬叹、令人为之动容的形象。

杨之华积极领导妇女运动；赵君陶一生为党和国家培育栋梁之材；钟复光沿长江到各地说明五卅惨案真相。她们皆是怀揣着一颗炙热而纯粹的心，热心温情地去给予关怀，亲切平等地体会工农的处境与困难，耐心坚韧地年复一年日复一日坚持参与社会运动。

当今女性的社会地位已然显著提高，然而在那个女性边缘化的年代，是智慧与温暖唤起了女性的运动，是时代在召唤女性的觉醒，是女性自发地对自身出路的追寻以及对国家前途命运的思考奉献。

我们的生活不只有相夫教子，我们的人生不只是一眼望到底的寡淡，我们的身影不应该被蒙上阴影永远站在边缘——在需要我们的时候，我们亦能够毫不犹豫地挺身而出去发光，去发热！因为我们是上大学子，因为我们是中国的一分子，因为我们血液里流淌着经久不息的红色基因！

先辈们以上大为起点挥洒热血奋发有为，各自踏上不同的道路去实现心中建设祖国的崇高理想，最终“千流归大海”，走进了他们为之憧憬、为之奋斗的新中国。

而在新时代，我们仍能射一支“矢志”的箭到“红色的五月”之塔上去！

合上书，我很是惊讶这么多儿时耳熟能详的名字、这么多位曾经崇敬不已的人物竟然都出自上海大学，心底不免涌起温暖与自豪。而如今这些名字不再是模糊冰冷的，书中能读到安剑平“交尽天下良友，读尽人间奇书”的豪情侠气；能读到董每戡“自珍腕底留奇气，彩笔精描未了生”的豁达乐观；能读到钟复光“社会不公平，男女不平等，我要改造社会”的凌云壮志，如今的这些人物，人人皆有血与肉，人人皆有志与气，开拓出一条从上海大学走向新中国的红色之路。

作为新时代的上大学子，回首上海大学的红色历史，令人心潮澎湃；再看今朝上海大学蓬勃当下，莘莘学子正迸发着理想光芒。若问我们的未来如何，我愿以瞿秋白面对丁玲的一番话为答案：“你么，按你喜欢的去学，去干，飞吧，飞得越高越好，越远越好，你是一个需要展翅高飞的鸟儿。”

我们胸中有丘壑！我们立马振山河！

# 薪火永传续　吾辈当自强

钱佳慧

晨光熹微，鹤鸣长空；莘莘学子，步履匆匆。欲之何处？

革命洪炉，先辈之光；盏盏星火，照耀远方。

霁月清风，泮池波涌；莘莘学子，步履从容。欲往何处？

山河无恙，吾辈自强；国之需要，心之所向。

1921年，开天辟地一声雷，由工人阶级领导的，以工农联盟为基础的伟大政党——中国共产党的成立，揭开了中国历史的新篇章。

1922年10月23日，一座由中国共产党与国民党合作创办的红色高等学府——“上海大学”破土而出，吸引四方热血青年奔赴求学。

在那个风雨如晦的年代，面对校舍的逼仄、经费的拮据、反动势力的迫害，中国共产党和国民党左派以及各界进步人士不畏艰难，不屈不挠，坚持办学。在波澜壮阔的五年时间里，赢得了“文有上大，武有黄埔”的美誉。一大批杰出人才、仁人志士从上海大学走出，向新中国走去，用自己的青春热血，开辟了祖国的新时代。

“这是一个奇特的处所，仿佛是一座洪炉，只要你稍稍碰着过它，它就会炙着你的皮肤——不，炙着你的头脑，使你永远地烙着一个严肃和深刻的印子，永生不能磨灭它！”曾亲身参加北伐战争的上海大学学生孔另境，在书中如此评价上海大学。他将上海大学比作是一座洪炉，不仅仅是指知识学习的洪炉，更是指思想锻造的洪炉。

无数革命先辈从上海大学这所洪炉出发，在中国共产党的领导下，怀揣着憧憬与梦想，在不同战线、不同道路上，有一分热，发一分光。

君不见，“孤星”热血耀黑夜；君不见，“真理”味道有点甜；君不见，“雨巷”诗人亦铿锵；君不见，秘密情报助解放；君不见，《义勇军进行曲》歌声嘹亮；君不见，峥嵘岁月，师生携手，红色精神，永续流传……

先辈如斯，他们从上海大学出发，在血与火的洗礼中迸发出巨大的力量，在风雨飘摇中点亮中华民族复兴的灿烂曙光，最终走向无数人为之憧憬、为之奋斗的新中国。

他们中有的成为党和国家的领导人，如党的第八届中央书记处书记王稼祥、全国人大常委会副委员长杨明轩等；有的成为新中国文化战线的领导人，如田汉、阳翰笙等；有的成为新中国的开国将领，如李逸民、张崇文等；有的成为大学校长，如复旦大学校长陈望道、南京大学校长匡亚明等；有的成为学术研究专家，如俞平伯、罗尔纲等；有的成为作家、诗人、戏剧家，如丁玲、戴望舒等；有的成为画家、音乐教育家，如丰子恺、吴梦非……

透过时光的缝隙，在政治、科学、文学、艺术、外交等各个领域，我们都能窥见先辈们挥洒青春、发光发热的奋斗身影。

光阴荏苒，百年后的今天，“自强不息”“先天下之忧而忧，后天下之乐而乐”的校训依旧在上大校园里生生不息。走在泮池边，教学楼的灯火通明；走进图书馆，同学们求知逐梦，目光炯炯；走进实验室，师生们将“求实创新”实践于行；运动场上，青年们奔跑跳跃、意气风发；音乐学院里，传出动人的乐音……

“在1924年的中国，在此地，是一群富有理想的学生，选择了一所富有理想的大学。上海大学独一无二，具有社会主义思想。我们许多教授，坚信马克思主义能够救国救民，社会主义能够救国救民，伟大的理想，能让上海大学挺直了腰板，去扛那副救民于水火的重担。”清风徐来，我仿佛听到邓中夏先生在这座红色学府前铿锵有力的慷慨陈词。

在2021年的中国，历史已向我们证明，马克思主义能够救国救民，社会主义能够救国救民。理想照耀下的上海大学，挺直了腰板，屹立于历史的浪潮中。

先辈们从这里出发，扛起救国的重担，走向新中国。新时代的我们，亦从这里出发，接过先辈的革命薪火，传承先辈们的红色精神，将青春投入到建设祖国的浪潮中,奔赴更加繁荣富强、美好灿烂的明天。

钱伟长老校长曾说:“国家的需要就是我的专业。”他在国家存亡之际毅然弃文从理,怀揣着赤子之心将一生奉献给了自己所热爱的祖国。

上大的青年们,愿我们常怀热忱,铭记先辈们的爱国情怀、奋斗精神。让我们在晨曦中追逐卓越,向着国之需要、心之所向飞奔,去开辟属于我们的无限未来!

“少年自有少年狂,身似山河挺脊梁。敢将日月再丈量,今朝唯我少年郎。”

薪火在胸中,吾辈当自强。

前途浩荡任我闯,莫负年少!

# 回望先辈来时路　敢于人前再续征

黄子涵

有那样一群人，他们曾在一座红色学府漫游知识的海洋，他们曾奔走于动荡不安的时代寻求治国良方，他们曾倾其所学为新中国建设贡献自己的力量……

1921年，中国共产党宣告成立，揭开中国历史的新篇章，一年后，一座由中国共产党与国民党合作创办的高等学府——上海大学横空出世，这似乎注定了上海大学的史迹将与中国共产党的发展密切相关，注定了中国的奋进路途上必将留下上海大学的身影。《他们从上海大学（1922—1927）走进新中国》一书中的68位先辈们都曾在上海大学学习、工作、战斗，他们展现了上海大学勤谨的治学氛围与光荣的红色血脉。走出校门后，他们在中国共产党的领导下，虽在不同的道路上求索斗争，但怀揣相同的梦想，最终千流归大海，走进了一个崭新的中国。

一帧帧照片将他们的模样映入眼帘，一串串文字将他们的故事娓娓道来，历史重现的厚重感与时代赋予的使命感交织，对前人的崇高景仰化作一股动力涌上心头，作为上海大学的一分子，更作为新时代青年的一分子，我们有何理由不为之动容、为之一振？有何理由不在奋斗之路上勇担责任、续写传奇？习近平总书记在庆祝中国共产党成立100周年大会上的重要讲话中指出，“新时代的中国青年要以实现中华民族伟大复兴为己任，增强做中国人的志气、骨气、底气”。“志气、骨气、底气”三个词铿锵有力、催人奋进，不正是先辈们崇高精神的高度凝练吗？不正是当代青年赓续光荣传统的最高指示吗？

涵养志气，方能初心不改、坚定不移。上海大学“中国孤星社”的发起人安剑平终其一生倡导“大侠魂”精神，孤军奋斗、走尽弯路没有磨灭他的希望，经营困难、污蔑中伤没有改变他的方向，青年时期涵养而成的志气长存胸中，他始终保持“交尽天下良友，读尽人间奇书”的初心，始终坚定“走向真理生活、走向正义事业”的信念，为中国思想解放和文化建设作出贡献。志气并非一家之言、一日之谈，古有至圣先师孔子曾道，“三军可夺帅也，匹夫不可夺志也”。近有伟大领袖毛主席挥墨，“孩儿立志出乡关，学不成名誓不还”。当代青年当坚定理想信念，牢固树立共产主义远大理想和中国特色社会主义共同理想，向先辈学习，把强国报国之志融入个人前途命运，把握续征正确航向。

磨砺骨气，方能无畏险阻、勇毅前行。上海大学“傲气”女学生丁玲投身“五四”，大声疾呼唯盼民众觉醒；把上海大学作为“一生接受革命锻炼的起点”的薛尚实加入学生军、与工人并肩参与反革命战斗；老共产党员赵君陶在受迫害时义正词严：“如果干革命的都死了，哪里有今天革命的胜利”……无论是在上海大学还是在中国的史册上，都不乏铮铮铁骨的先辈，面对坎坷磨难，他们挺立脊梁，将中国人的骨气化作一道屏障，泰山崩于前而面不改色，大厦将倾而毫不退缩。手持接力棒的我们，更要传承这份勇毅，碰壁畏畏缩缩、遇刺战战兢兢注定难以成就事业，唯有培养临危不乱的定力和坚强不屈的人格，磨砺骨气，强健精神，才能从容应对未知旅途上的种种考验。

蓄积底气，方能脚踏实地、行稳致远。中国人的底气从何而来？上大人的底气从何而来？溯源而上，是五千年优秀文明的深厚底蕴；生逢盛世，是从站起来、富起来到强起来的伟大飞跃；有幸遇见，是蹈厉奋发、精益求精的一流学府；观其自身，是严以律己、不懈求索的高度要求。无论是新中国外交部首任美澳司司长柯柏年，还是上海大学大学部年龄最小的学生谭其骧，抑或是上海大学社会学系的生物哲学教授周建人，他们的底气由内而外生发，植根于民族的自豪，得益于国家的力量，离不开学校的培养，更重在自我的鞭策。当代青年要在成长成才之路上深刻理解时代潮流，把握国家大势，不断蓄积底气，以积极自信的面貌勇担时代重任，以昂扬奋发的姿态迎接百年未有之大变局。

合罢《他们从上海大学（1922—1927）走进新中国》，书页难掩先辈们的精神光芒，他们可歌可泣的事迹和不凡的经历为我们作出表率，向我们证明“志气、骨气、底气”是青年成长成才永恒的论调。“未来属于青年，希望寄予青年”，习近平总书记掷地有声的话语，振奋着新时代的精气神。青年们，同学们，回望先辈来时路，一个个名字闪耀着一代人的壮志，一个个坐标记录者无数人的奋斗，愿每位上大人都能从中汲取力量，发扬“自强不息”“先天下之忧而忧，后天下之乐而乐”的校训精神，乘势而上开新局，敢于人前再续征。

# 予我百年时光于此等待

文雅婷

上海，一个几乎见证了中国近现代所有不堪与屈辱、骄傲与觉醒的城市，在这里诞生了新的思想、新的青年、新的政党；而上海大学正是在这样的“新气象”中见证了一代人为国家兴衰而不懈奔走的故事，也正是这一代人带着他们的拳拳爱国心于此等待，最终走向一个红色的未来。

上海于此等待解放的无数个日夜，上海大学亦于此等待复兴已近百年，这百年时光，只为等一个梦想。

予我百年时光，于此等一个思想进步摆脱封建腐朽的未来。

陈望道先生，还记得是什么时候您对您的学生说了“吾人今日读书，固不应变成老顽固，然亦当谨防流为新顽固。盖读书乃作事之参考也”这样一段话吗？从张仲实先生翻译马列主义经典名著至今，上海大学的百年，以新思想为开端，也与新思想共同发展，逐渐摆脱充满“顽固”的过去，作为宣传新思想的重要阵地而走向一个进步的、科学的未来。而这思想进步的百年里离不开的，正是无数像陈望道先生、张仲实先生一样紧追时代脚步的中共党员的自我改革与勇于追寻崇高理想的伟大精神。

予我百年时光，于此等一个文化自信拒绝崇洋媚外的未来。

想起新文化运动之时，中国传统文化被贬到了尘埃之中，仿佛一文不值，反倒是一切带上“洋”字的新奇玩意儿成了大街小巷人人追捧的宠儿。然而，从董每戡到孟超、赵景深，从沈雁冰到万古蟾、郑振铎，从传统戏曲、国家文物到新式文学、近代动画，一个个“文化人”从上海大学走出，为中国传统文化创造新的火花，也迈出带有中国特色的新式文化事业的一大步。这百年间，上海大学在接受着外来的优秀文化的同时，也将中国文化的根扎得更深更牢，从传统底蕴到新式国潮，如今的我们从心底里萌生的文化自信早已打上红色烙印，也必将在更远的未来愈发耀眼。

予我百年时光，于此等待一个民族觉醒不再麻木不仁的未来。

上海大学自诞生之日便流淌着红色的血液，五卅运动轰轰烈烈展开之时，租界巡捕便对充当先锋军的上海大学师生予以“严厉打击”，梅电龙与钟复光等人的出现更加让租界巡捕视上海大学如眼中钉、肉中刺。在租界巡捕和国民党当局的共同打压下，上海大学处境艰难，但上海大学师生为整个中华民族的觉醒所作出的贡献并没有石沉大海。“如果干革命的都死了，哪里有今天革命的胜利”，革命者这些年所贡献的一切都成了撬动压在中华民族身上那颗名为麻木的巨石的一分力量，终于迎来了一个民族的彻底觉醒。

予我百年时光，于此等待一个国力强盛不受列强欺压的未来。

上海大学初立，租界境内，倍受掣肘，大多数中国人在洋人面前抬不起头来，外交诸事，言权甚微。百年之后的今日，租界早已不复存在，上海作为中国的窗口与外界友好往来，上海大学作为党的百年高校与国外知名大学交流合作，中国在与大国的外交过程中坚守立场，寸土不让。这其中的成长，其中的困难，其中的骄傲，其中的每一段党带领全国人民走过的路，都融入五星红旗的一抹鲜红之中，铸就了今日屹立世界强国之林的新中国！中华民族的强国梦也正一步步走向现实。

这百年先辈为我们作了基石搭就舞台，成就如今的中国。巍巍华夏，这百年已过又是新的一个百年，我辈风华正茂，这一个百年，依旧是于此开始，让我们这一辈带着先辈百年的期盼“犇”向那个梦想已久的民族复兴的未来！

——予我百年时光，于此等待，也于此开始。

# 星河欲曙　山河艳羡

张馨月

夜阑人静的时候，把书房的灯调到最暗，窗外的熏风送来淡淡的夜的气息。庸脂俗粉和车水马龙的喧嚣，终于在这一刻归寂。透过一隅斑驳泛黄的窗，恰好能看到那面五星红旗，傲然辉煌而不减其色地始终翻飞于皎洁的月光中。

合上手中卷，我的心被震撼与感动席卷。

从“犯我中华者虽远必诛”到“中兴梦断成黄粱”，华夏，把自己的源远流长抽刀断成了两段，一段向着盛世的璀璨，一段向着炮火的迟暮。

而他们，恰好就生于那段迟暮的年轮。未能躬逢盛世，看不到盛唐诗酒的举世无双、青莲文苑的天下无二，赏不了长安城灯火通明的旌旗酒楼、浔阳城一见如故的隐隐笙歌。时光与岁月相争，寻常的人世间从此留下了刻骨铭心、惊天动地、浓墨重彩的一笔。

繁华落幕，锦绣枯萎，百态凋零，山河老去。他们睁开眼，看到的只有枪林弹雨、炮火纷飞、哀鸿遍野、满目疮痍。国家版图被列强贪婪地蚕食鲸吞，军阀割裂混战，各种主义声名鹊起，人们觳觫恐惧，惶惶不可终日，中国晦暗阴沉的天空中，再也没有骄阳的升起。

可是他们却站出来了，在这段人人自危诚惶诚恐的黑暗年代里，在这个刀口舔血惨无人道的旧社会中，我看到以墨为糖、将真理甘之如饴的陈望道用《共产党宣言》划破了社会的死寂，一声惊雷振聋发聩，唤醒了千百万沉睡中愚弱的国民；我看到执笔化为斧钺钩叉干戈利刃的何味辛，以辛辣讽刺一针见血的文字直指敌人心脏最不堪一击的那隅；我看到凛然高洁不卑不亢，以一生诠释民族傲骨的丁玲，用血与泪撰写了革命的未来与光明；我看到党伯弧舍生忘死护送密使到西安，看到顾均正为现代科普界播种的希冀，看到关中哲的才华横溢，孟超的悲歌叠起……我看到一颗颗红色的种子，正以燎原之势，于这片冰封三尺的大地中破土而出。

此后，旭日东升，一线光明。这方万籁俱寂的黑夜里，终于有了炬火与明星。

可是，有没有这样一个夜晚，当看着百姓依旧饥饿孱弱、国民依旧愚昧怯懦、军阀依旧猖狂、擘画的蓝图依旧可望而不可即、新中国的轮廓依旧模糊不清时，他们的心，会不会痛？他们无坚不摧的伟岸身躯，会不会剧烈地颤抖？他们饱经风霜的眼眶，会不会湿红？

在风雨如晦飘摇动荡的年代，有的人衣不蔽体食不果腹，却能以己之力创建一个支部；有的人沉冤受辱长久不能昭雪，却依旧无悔当年为《中国青年》作图。有的人，不曾见到过长白山天池的纷纷落雪、拉萨清澈苍穹的朗朗夏夜、骊山高处的飘飘仙乐，不能体会“垆边人似月，皓腕凝霜雪”，没有“人生自是有情痴”，没有风花雪月，没有“斗酒十千恣欢谑”，他们所见皆是血腥、黑暗、屠戮、绝望，但他们却说，要将羽毛也腐烂在土地里，他们却看到了，南国那位撑着油纸伞行于深巷里的女子，彷徨、悠长、寂寥、哀怨，却又忧而不伤，因为他们坚信，炬火虽渺，终有一日会以燎原之势燃透这片土地。

唱罢秋坟愁未歇，一声哀号，满纸呜咽，时代的艰辛，已非笔墨所能言。幸而有他们，有那些前仆后继的先烈们，用自己的微薄之力撑起了新中国的天地，将曾经支离破碎的板块，用鲜血重新黏合在一起。

而今中国已然觉醒，曾经的苦厄都会变成让我们肃穆和铭记的历史。当五星红旗终于可以骄傲地随清风拂过这九百六十万平方公里的土地，拂过土地上十四亿颗生生不息热烈跳动着的心时，蓦然回首，才发现他们的所有奉献与牺牲，是那么让人热泪盈眶，那么伟大，那么意义深远。

今日之吾辈，生于红旗下，长在春风里，目光所至，皆为华夏，五星闪耀，皆为信仰。生逢盛世，当不负盛世，侪辈今日之独立于世，仰仗众伟人先驱殊死浴血舍生取义，桃李无言，我愿效仿诸英烈先辈，一生致力于中华民族伟大复兴和实现共产主义的伟大事业！愿以吾辈之青春，守护这盛世之中华！

祝愿祖国繁荣昌盛，乘风好去，长空万里，直下看山河！

向所有革命先辈致敬。

# 上大英雄意气昂　砥砺吾辈少年郎

焦　骄

“雄关漫道真如铁，而今迈步从头越。”上个世纪初，在那个八方风雨的华夏大地上，一座由国共两党合作创办的高等学府——上海大学横空出世。随后，便涌现出一批胸怀家国的上大学子，他们秉持着“长风破浪会有时，直挂云帆济沧海”的信念，将万千力量凝聚在满腔的热血中，自此，被战火洗礼过的冰冷的中华大地，开始有了生命的温度。

现在我们拥有的一切，不仅是先辈们用鲜血换来的，也是先辈们汇聚的信念建立的。读完《他们从上海大学（1922—1927）走进新中国》，心情迟迟无法平静，脑海里浮现出了一群胸怀志气的上大青年——这批从上海大学走出的莘莘学子，有的立于三尺讲台，孜孜不倦地向百姓传授红色知识；有的弃笔从戎，义无反顾地踏上战场；有的在昏暗中写下中国共产党的革命思想，为中华民族的复兴奠定坚实基础……这本书里写到的先辈们大多是从上海大学走进党的怀抱，进而走进新中国的，上海大学可以说是他们革命思想的启蒙地，正因有了这份有力的引导，他们凝聚成一束光，将满腔的热血与情怀融入无尽的信念，才有了我们现在的岁月静好。

“没有思想，没有情感的白话诗，就像没有头脑，没有情感的美人一样”，这句出自红色经典电视剧《觉醒年代》的台词深刻体现了思想于一切事物的力量。没有思想，中国救亡图存的路可能会更困难，没有这批从上大走出的有志青年，中国革命的历程可能会更艰辛，正因为有他们这些甘于奉献的青年和中国共产党正确的领导,才有了如今繁荣昌盛的新中国。

透过这本饱含深沉的红色书籍,仿佛还能感受到丰子恺先生“宁做流浪汉,不做亡国奴”的傲气;领略到丁玲女士“人,只要有一种信念,有所追求,什么艰苦都能忍受,什么环境也都能适应”的坚定;体会到戴望舒先生“如果生命的春天重到,古旧的凝冰都哗哗地解冻,那时我会再看见灿烂的微笑,再听见明朗的呼唤”的浪漫……革命的胜利虽伴着新中国的成立尘封落幕,但这群可爱的上大人及千千万万革命者的热血却始终萦绕在我们心头,即使穿越了一个世纪,历久弥新。

正如钱伟长老校长说的那样:“国家哪方面需要我,我就力所能及地去干。”上海大学当初创办的宗旨不就是希望在思想层面给革命带去生机,在开办仅仅几年的时间里,上大不仅给百姓们留下了极好的印象,更拥有了“文有上大,武有黄埔”的美称,这是世人对上大的认可。这座百年前诞生的红色学府至今韵味绕梁,汇集了先辈文人之智慧,传承了百年红校之历史,今天的上海大学,依旧源源不断地接纳新的有志青年,坚持将革命年代传下的圣火递送,启蒙一代代青年。上大从战火里走来,身世浮沉,那饱经风霜的面容亦是最荣耀的勋章;上大向光明中走去,一路繁花,那朝气蓬勃的脸上映出微微红的晨光。而我们,上大的青年们,也将跟随先辈的步伐,翱翔于蔚蓝天空,我们并不迷茫,因为知道那天边的光束会指引我们飞向梦的彼岸。

《他们从上海大学(1922—1927)走进新中国》这本书讲述了68位从上海大学走进新中国的革命先辈生平,阅读了他们的事迹,我深刻认识到上海大学拥有多么强大的红色力量!在当时那个年代,简陋的校舍、拮据的办学经费等,都不足以抵挡一批有勇有谋、心怀救国于危难的人创办这所大学,他们心中必定有超越凡人的信念!他们,是当之无愧的英雄!

“即使面前等待我们的是无数次失败,我们也一定会坚定不移地走下去。”他们站在时代的风口浪尖,对未来的美好生活充满期待,期盼焕然一新的中国,他们对自己和人民立下了一个誓言,天佑中华,革命胜利了,中国人民站起来了。先辈的一生真切地写实“青年”二字,青年和他心中不变的热爱,无不砥砺着我们追寻自己的内心,无论来路与归途,不忘初心,历尽千帆后归来,还是最初的模样。

何为中国青年?是为“为中华之崛起而读书”的志向,是为“为人类幸福而奋斗”的目标,抑或是为“少年强则国强”的责任。上大的青年们,在先辈的指引下，心中有岸，脚下有船，矢志不渝，物我两忘，风雨兼程，且歌且行，一直走下去吧！

中国的未来已然交给了我们，意气风发的青年们，奔跑着去度过寒冬酷暑，迎接满园春色吧！如果青春是醉人的海风，那么信念便是扬帆起航的标志；如果青春是巍峨的高山，那么奋斗便是这山脉拔高的动力；如果青春是高亢的进行曲，那么我们便是这曲目最动听的篇章。感谢上大给我们展现自我的平台，感悟了许久红色学府的历史，从而更加坚定了要为中华民族的伟大复兴献力的决心：这世间一切的一切皆由青年起步，从决定迈出第一步的时候，便不再是单打独斗，而是拥有万众一心、“欲与天公试比高”的雄心壮志。“桐花万里丹山路，雏凤清于老凤声。”习近平总书记发出号召：“中国梦是我们的，更是你们青年一代的！”是时候让世界看到新中国的青年积极向上的精神风貌了，中华民族伟大复兴必将在我们一辈又一辈的青年的奋斗中得到实现。

“鹤鸣于九皋，声闻于天。”年少的梦，会伴着我们很久很久，可能它平平无奇，可能它虚无缥缈，但我们正如当年从上海大学走出的可爱青年一般，经历了红色教育的熏陶，自始至终都秉承着“先天下之忧而忧，后天下之乐而乐”的理念，将年少时许下的心愿装进口袋，坚信“热爱可抵岁月长”，在以后漫长的时光里，砥砺前行。

“抚流光一砖一瓦岁月浸红墙，叹枯荣一花一木悲喜经沧桑。”穿越冗长的时光隧道，领略历史带来的厚重感，擦出零星的火花，好似岁月的魔法，留下的仍然是一批人一群物原来的样子。

唯华夏，崭锋芒，繁花似锦，前路通明。星河滚烫，璀璨耀眼，正如上大和那群青年般，未来可期，来日方长！

# 后　记

《跨越百年的青春回眸》为上海大学2021级本科新生对《从上海大学（1922—1927）走进新中国》一书的读后感以及自身成长感悟的征文活动优秀作品集，是上海大学学子传承红色基因、肩负强国担当的时代宣言，是上海大学把传承红色基因融入思想政治工作的实践探索成果展示，更是纪念上海大学建校100周年的献礼图书。

经过历时一年的征集、评审、咨询、修改、汇编、校稿，终将新时代上大学子的“纪念”和“传承”统合成书。在本书编撰过程中，校党委常委、副校长聂清多次指导，孟祥栋、马成瑶、白晓东参与编撰，丁小苜、胡雅、刘世慧、孙冰、孙海洋等负责文稿收集、校对等具体工作，最终由聂清同志审定。

本书的出版，要感谢上海大学胡申生教授。胡申生教授的大作《从上海大学（1922—1927）走进新中国》带我们领略了上海大学这座红色学府的光荣历史。感谢60位作者的积极投稿，他们用一场跨越百年时空的“青春对话”，向上海大学先辈表达由衷的怀念与敬重之情，向党和祖国发出“请党放心，强国有我”的铿锵誓言，为这本书注入了“光芒和力量”。

最后，要特别感谢上海大学出版社、上海大学社区学院为本书的出版提供支持和帮助。

红色基因，青春底色。百年上大，踔厉奋发。

祝福上海大学，百年风华正茂！

本书编写组

2022年7月